Helen Oyeyemi

WHAT IS NOT YOURS IS NOT YOURS

不是你的就不是你的

[英] 海伦·奥耶耶美——著
王国平——译

中信出版集团 | 北京

图书在版编目（CIP）数据

不是你的就不是你的 / (英) 海伦·奥耶耶美著；王国平译. -- 北京 : 中信出版社, 2021.1

书名原文：What is not Yours is not Yours

ISBN 978-7-5217-1906-2

Ⅰ. ①不… Ⅱ. ①海… ②王… Ⅲ. ①短篇小说－小说集－现代 Ⅳ. ①I561.45

中国版本图书馆CIP数据核字(2020)第085777号

不是你的就不是你的

著　　者：[英] 海伦·奥耶耶美
译　　者：王国平
出版发行：中信出版集团股份有限公司
（北京市朝阳区惠新东街甲4号富盛大厦2座　邮编　100029）
承 印 者：北京楠萍印刷有限公司

开　　本：880mm × 1230mm　1/32　　印　　张：9.25　　字　　数：159千字
版　　次：2021年1月第1版　　印　　次：2021年1月第1次印刷
京权图字：01-2020-3442
书　　号：ISBN 978-7-5217-1906-2
定　　价：49.80元

目录

请谨慎启封

——艾米莉·狄金森[①] 于 1852 年 6 月 11 日

致信苏珊·亨廷顿·吉尔伯特，这是写在信封上的附言。

① 美国 19 世纪著名女诗人。——译者注

BOOKS AND ROSES

书与玫瑰

这要从在加泰罗尼亚一座小礼拜堂捡到的一个孩子说起。小礼拜堂远在蒙特塞拉特修道院[①]。那是一个4月的清晨。孩子很不安分，又太小，不仔细看还以为那是个空篮子。孩子原来被裹在篮底，但她顽强地扭动、挣扎到了毛毯上面，露出了身子。捡到她的修道士为了找有没有留言条什么的，几乎翻遍了篮子，当他一抬头看见圣母蒙特塞拉特木然的眼睛，圣母怀里抱着自己的孩子，几百年来，这个镏金的孩子既不开口，也不见长大。仰望着那位伟大的圣母，修道士顿时领悟了她无私的爱，于是跪倒在地，恳请她进一步明示，却意外发现自己膝下压着一张孩子扭动挣扎时掉出篮子的字条，上面写着：

> 1. 你们这里供奉了一位黑圣母，所以应该和我一样清楚怎样爱这个孩子。请叫她蒙特塞拉特吧。
>
> 2. 等着我。

① 位于加泰罗尼亚，建于14世纪，自中世纪起就是人们的朝圣之地，教堂内怀抱圣婴的圣母雕像供来自各地的朝圣者膜拜。——译者注

孩子脖子上戴着一条金项链，上面拴着一把钥匙。她一天天地长大，用这把钥匙试遍了修道院的每一扇门和每个碗柜的锁，可惜都打不开。她唯有等待。对蒙特塞[1]来说，这既令她宽心，又令她无比失落，这是……一种什么样的感觉，一个决定、一丝念想，还是一点希望？希望有朝一日家人来与她相认。如果她是一个白人家的孩子，蒙特塞拉特修道院的修道士们说不定早就把她托付给附近的一户人家照顾了，可惜她黑得像他们敬奉的圣母。他们给她取了“弗斯科”[2]这个姓，不单是因为她皮肤黑，还在于她不明的身世。修道士们自告奋勇地学习照应孩子的生活起居。他们犯的错误多半是太过宠溺，还常常为了这种溺爱是大罪还是小错而争论不休。不管怎么说，是这群本笃会[3]的修道士照料蒙特塞吃饭穿衣，陪她度过了难熬的出牙期。她开口说第一句话的那天，他们为此敲了几小时的钟以示庆祝。从小到大，无论什么时候，蒙特塞都没怀疑过诸位父亲为她付出的爱。恰恰是靠着这份爱心，上学的日子或走上街头的时候，她才不必去理会人家异样的眼光和恶言恶语；那些话语和眼神常常羞得她在街上抬不起头，但她都不会放在心上太久。她本能地认为，她是圣母

① 蒙特塞拉特的昵称。——译者注

② 加泰罗尼亚语中“黑”的意思。——译者注

③ 天主教隐修会之一，一译“本尼狄克派”，529年由意大利人本尼狄克创立。——编者注

蒙特塞拉特的女儿，当然，这也属于某种离经叛道，圣母不过是个象征，一位无忧无虑却又可怜悲惨的修女妈妈，一位既不为你指引道路，也不为你提供庇护，不过是如影随形、在你需要她时现身的女神罢了。

长大后，蒙特塞在萨里亚的勒科尔茨一家男子服饰用品店找了一份工作，在那里做到关张大吉为止，因为店主卡韦娅夫人发现家人和亲戚都不愿接手这份家族生意。“你是一个勤快的女孩，蒙特塞，”卡韦娅对她说，“只要有机会，你会有出息的。格拉西亚大道旁那个碍眼的大楼你看到了吧，那是米拉之家。人家都叫它拉·佩德雷拉[①]，因为它看起来就像一个采石场，就像直接用石头堆起来似的。像你这样忠厚本分的女孩可以去那儿找一份洗衣女工的工作。你愿意做吗？那好……你去找莫利纳太太吧，她是米拉之家管理员的妻子。你就说是艾玛·卡韦娅介绍你去的。把这个交给她就行了。”说完，夫人写了一封推荐信，蒙特塞看后不由得脸红起来。

她第二天一早就赶到“采石场”大楼，去莫利纳太太那儿报到，这位管理员的妻子叫她上楼去见盖塔太太，盖塔太太对蒙特塞还算满意，亲手给她系上一条围裙。这之后就是日复一日、月复一月，没完没了、干不完的活。除

① 在西班牙语中为“采石场”的意思。——译者注

了为指派给她的客户洗衣浆衫，她还要洗卡韦娅一家人的衣服。“采石场”大楼的人员流动非常快，每个星期都有新的女孩突然出现，又悄无声息地离开。盖塔太太认识每一个女孩，叫得出每一个女孩的名字，即使她们都是一模一样的打扮，连自己都难以分辨彼此。如果碰到干活不上心的，盖塔太太会立刻打发她们走人。她在阁楼东跑西颠，一边检查她们干活，一边拿着手中的红漆扇指指点点。米拉之家的住户都觉得盖塔太太是个宝，洗衣女工们喜欢她，因为她们唱洗衣歌的时候，她常常也跟着亮上一嗓子；看样子，虽说她现在身着绫罗绸缎、穿金戴银，想是当年也跟她们一样吧。盖塔太太招人喜欢，还在于听她说话叫人开心：她骂起人来的毒辣措辞，她们平生听都没听过，字字句句却仿佛竖琴曲，婉转动听。她的原则是雇气色好的女孩，这样的女孩一般不会那么快得腰酸背痛的毛病。不过，人总有走眼的时候。一夜之间变老的女孩不乏其人，还有的女孩懒得出奇。自尊心太强的女子在这家阁楼洗衣店也待不长——要不了多久，她们都会在普通的大楼找一份差事。

人们一致认为，米拉家族建造并以他们的姓冠名的这座大厦是一大败笔。要怪就得怪建筑师，他有的是真材实料，可惜显然不懂得物尽其用。一座由石料、玻璃和钢铁堆砌而成的建筑应该朴实、稳重，是造福和守望一方的哨岗。谁知这座宅子却仿佛让人搔到了痒痒肉时不停抖动似的，作为一座建筑竟然波澜起伏。一位著名新闻评论家称这一效果有伤风化，与“纵情声色”无异。仿佛这还嫌不够，整个建筑早上与晚间迎着霞光还披上了一层放荡的桃红色。正派的市民不禁认为这栋宅子体现了住户的品行，他们要么不可理喻，要么做的是不正经的勾当。但蒙特塞却认为她上班的这栋楼很漂亮。每当她站在街头抬头望去，见到的一幕总是令她暗自神伤。在蒙特塞眼中，“采石场”大楼可谓雄伟壮观。可惜她那时候还欣赏不了这座建筑。她最得意的宝贝是一个光滑闪亮的小锡器，那还是她在露天游乐场拿球掷椰子的游戏[①]摊位赢来的。

与蒙特塞一样喜爱“采石场”大楼的文人雅士也不在少数，露西太太就是其中的一位。露西太太住二楼，经常为她的家究竟是否有违美学，跟别人争个不休。不时有记者来采访露西太太，他们临出门都要对这栋宅子评头论足，说几句不中听的话，但露西太太却听不得他们的结论，她站在那儿，扯着嗓子跟他们分辩。记者们一直质疑的问题是：露西太太怎么受得了没一处方方正正……连家具都不成形状的家的？

“我真纳闷了，谁说非要方方正正的？”露西太太会

① 类似于街头的套圈游戏。——译者注

反问，接着甩手关上院门，一路笑着向楼上跑去。

露西太太是一位画家，生着一双破晓时天色一般的眼睛。跟蒙特塞一样，她戴的项链上也挂了一把钥匙，但跟蒙特塞不一样的是，她总说自己年过五十，似乎在等着别人说，都这个岁数了，还保养得这么好。（其实露西太太才三十五，只比蒙特塞大了五岁。一名女仆无意中听一位画廊的老板求她行行好，别再跟人家说她五十岁了。她最近出席了几位同行的画展，现在想看看，在她这一行，五十岁的人受人礼遇，究竟会是因为他们到了这个年纪，还是别的什么原因。）女仆们多少对露西太太有些失望。她们以为住在这里的艺术家都会穿一身大红的睡衣，东逛逛、西走走，早餐喝着鸡尾酒，迎来送往的不是风流之士，就是香艳女郎。但露西太太偏偏循规蹈矩。一手包揽她家家务的女仆梅尔塞还替她分辩，说太太早餐是用花瓶喝咖啡的，只可惜没人相信。

蒙特塞想办法争取到送还露西太太送洗的衣服这份差事，这意味着，就算她偶尔送点别的东西，她的老板盖塔太太也不会起疑。露西太太在公寓里开辟了一片地方当作工作室，她常常在那儿开始作画，然后再将油画移到她真正的画室。只要在露西太太的公寓待上三十秒钟，就够蒙特塞仔细欣赏这些油画的初稿了。没过多久，露西太太就看出蒙特塞对她的画感兴趣，于是她画画的时候，故意把画室的门开着，还喊蒙特塞过来看她作品的进展。“看这里，”她会指着画框一角的一个淡淡的轮廓说，“再看这里……”她的指尖又划向远处一抹渐浓的色彩。她画画时非常投入。蒙特塞常常看见露西太太呼吸越来越急促，但却一动不动，像一个虚幻的、并不存在的人。

蒙特塞问起过露西太太脖子上挂的钥匙。她纯属无心，只是闲聊而已，为的是多待一会儿。但露西太太说她戴着这把钥匙是为了等一个人。蒙特塞听到这句话一时失态，脱口而出：“你也在等人？”

夫人笑了。“对呀，我也在等。我看我们等的是一个人。”她一边为她们俩一人倒了一杯咖啡，一边对蒙特塞说起钥匙的来历。（这是真的！这是真的！）

“两个身无分文的女人在塞维利亚[①]的一场聚会上相识。”露西太太是这样说的。这个活动是塞维利亚大学一个毕业班的五周年聚会——两个女人都没上过这所大学，不过她们却混了进去，见到她俩的人无不口口声声说记得她们俩，而且还连连惊呼，说是想不到老同学还这么漂亮。

---

① 西班牙城市。——译者注

两个骗子事先做好了准备，知道该如何应对。她俩一个叫萨菲耶，一个叫露西，你恐怕猜不到她们俩并不是真正的穷人，就在前一天，为了搞到几件价值不菲的漂亮衣裳，两个人花了大半个下午的工夫，软磨硬泡，终于从原主的手里骗了过来。

她们对当下的骗术样样精通，可惜两个人互不相让，所以不利于她们各显神通。她们都以各种各样的化名从一座城市搬到另一座城市，都坚信只有没本事的人才相互合作。露西和萨菲耶参加那次聚会，不是为了交朋友，也不是为了相亲，她们去那里是为了找门路。想当年，露西在一家面包店打工，萨菲耶则在一家屠宰场工作，挣的都是辛苦钱。她们曾各自猜测，一个人越是大手大脚、看起来像个有钱人，别人就越爱施舍给他钱。凭着一副不起眼的面孔和擅长说谎的本事，她们各自着手检验了这条理论，发现竟然屡试不爽。萨菲耶爱看油画，需要钱收集藏品；而露西是一位艺术家，永远处于缺颜料、画笔、松节油和画布的状态。露西曾经嫁过一个懦弱无比的男人，连小孩子见了他都不会放在眼里。露西和丈夫当初一个不想嫁，一个不愿娶，事后证明，这段婚姻远比他们当初恋爱时所预想的沉闷，虽然他们都认为不妨一试。等待离婚判决期间，露西的丈夫教会了她一套变魔术的手法，后来她经常把邻居的口袋掏个精光。两人相识的那天晚上，露西从萨菲耶耳垂上偷了一对耳环，躲到大厦一个隐蔽的角落仔细一看，发现宝石竟是假货。接着她发现自己的铜手镯不见了，她当即意识到，手镯只会在被偷来的耳环的主人手上：那一对唬人的假货和精致迷人的耳垂分了她的心，才导致自己反被另一个贼下了手。一位银行家拦住了露西，在他虚假的记忆里，他从入学那天起就爱上了她，这兴许是件好事。究竟是将计就计，还是果断拒绝，露西一时拿不定主意。

她们俩和少数几个再也无法继续假装事业有成的人早早离席，匆匆地退出了聚会。她们一头倒在露西的床上，一连几天没出门。萨菲耶的一切快乐都取决于露西，萨菲耶的每一句逗趣都恨不能让露西癫狂，这种时候她们怎能分得开？两个人睡着了，但都暗暗盘算着半夜开溜。要知道，热情让她们忘乎所以，听凭对方的使唤。她们发现不能再这样下去了，所以两人都打算开溜，谁知一觉醒来却仍然相拥在一起。萨菲耶是走是留，全在露西一句话。两个人想要好好谈谈，这种情况才有了转机。等她们慢慢了解了对方，她俩才明白，她们担心的是自己江郎才尽。事实上她们喜欢得越深，反而越能发现对方身上的优点。她们偶尔还是要分开几个月，使出她们不愿详述的招数，从人家手上骗来值钱的东西。露西送萨菲耶油画和白色香橙花，萨菲耶为露西找来源源不断的肖像模特。这对恋人为此起过争执：在露西看来，萨菲耶是在耍心计，要她过上“体面”的生活；露西却暗暗发誓，她只画自认为漂亮的脸蛋，懒得编出种种借口不画肖像。

“没关系，你不过是不擅长送礼物罢了。”露西说着，摆出一副息事宁人的笑脸。两个人在一起的时候，礼物本就是可有可无的，而两个人分开的时候，礼物也未必要扮演起什么重要角色。但是萨菲耶气坏了。

“你说什么呢？你竟敢说我不擅长送礼物?!”

要是露西现在话里有话，那肯定是说萨菲耶没本事；要是露西没说过这话，萨菲耶也不会出手去偷礼物，证明她说错了，也不至于被逮了个正着。

这对恋人在一起过了圣诞节，之后两人各奔东西——露西去了格勒诺布尔[①]，萨菲耶去了巴塞罗那[②]。她们书信不断，往来的信笺络绎不绝。4月初，萨菲耶在信中提到了圣霍尔迪节[③]的爱情故事。露西，这儿的风俗是每年的4月23日这天互赠书和玫瑰。你看咱俩要不要也……

露西开开心心、一门心思地着手去办。她首先找来了莎草纸，一页一页地装订成册，用硬纸壳做封面，亲手做

---

① 法国东南部城市。——译者注

② 西班牙城市。——译者注

③ 西班牙加泰罗尼亚地区的情人节。——译者注

了一本书。接着又画上英国玫瑰的花蕾、盛开的中国月季、爬满墙的粉嘟嘟的波旁蔷薇，以及花坛里懒洋洋、银白的麝香蔷薇，每一页都记录着满满的回忆。她画下了见过的每一种玫瑰[①]，使出浑身的本事，要将它们画得栩栩如生（每一片花瓣都画得错落有致，连每一张糙面纸都被她画得如丝般光滑），她要为萨菲耶奉上常开不败的花朵。制作这本玫瑰书的日子里，露西开始清清白白挣钱，不靠招摇撞骗敛财。她结识了一个老赌棍，这个赌棍发现她能给自己壮胆，让他沉得住气。每次赌 21 点[②]，只要有她坐在身边，他便逢赌必赢。于是他们说好，每晚赢的钱给她 10% 的抽成。这家伙只玩大的，所以他总赢得钵满盆满，两个人都得意而返。运气不佳的时候，露西就不知道会发生什么情况了，唯愿这个赌鬼别对她动粗，因为到时候她就只能被逼无奈跟他来硬的。那真是太不应该了，因为她喜欢上了这个男人。他从不对她动手动脚，还经常惦记着萨菲耶过得好不好。他很爱他老婆，他老婆也爱他，还以为他干的是什么夜间值守的工作。赌棍的妻子要是知道夜夜都有输光一辈子积蓄的隐患，不吓得发疯才怪。但她并没有起疑，还每天为丈夫准备夜宵，给他上夜班时吃，这

① 此处指文中提到的“英国玫瑰”“中国月季”“波旁蔷薇”“麝香蔷薇”的英文名均带有“玫瑰（rose）”一词，并非指这几种花都是玫瑰。——编者注

② 一种纸牌游戏。——译者注

家伙不忍心去看夜宵（接受来自命运女神考验的时候，他的肚子一向跟他作对），所以都便宜了露西。再说它也非常合她的口味，清香的橄榄齿颊留香，葡萄酒中也带有葡萄的新鲜滋味。

露西坐在赌棍身边，抬头向一扇玻璃窗外望去，看见一条长街伸向一座山的山脚。露西最爱看的一幕窗景，是夜晚和黎明交替时分，这座山像沿着大街走来。它蹑手蹑脚，一点都不怕被人赶走。露西懂得这座山的心思，它不过是想躲在窗外听听这伙赌徒的声音，见识一下变幻莫测的希望和绝望，给自己鼓鼓劲。露西希望这座山有朝一日缩成一块鹅卵石，穿窗而入，滚到哪个角落里，只要这栋楼一天还在，它就痛痛快快地享受一天酒店生活。露西想写信告诉萨菲耶这扇玻璃窗外的景色，不料却落笔无言，尽显相思，最后写得索然寡味。到后来，那封信也没寄出。

萨菲耶在一户人家做贴身女仆——一份很适合她的工作，因为她具备足够的耐心。可了解保险柜放在什么地方恐怕就要花几个月，更何况还要解开密码，将里面的东西据为己有呢。萨菲耶当真是这样想的吗？露西隐隐觉得，她又犯了从前的错误。萨菲耶又挑起了叫人心烦的话头，说什么“未来”或“万一有个三长两短”云云。露西时不时地放下手头的玫瑰书，给萨菲耶写上一两句：萨菲耶——我忙得不可开交，都没工夫去思考；你信中提及的这个圣霍尔迪节，我恐怕只能给你寄个小礼物，略表一下心意了。下次见面的时候，还希望你能原谅我。萨菲耶回信：不论你的心意多少，我准备的肯定不如你。你要是见了，一准开怀大笑，露西。露西回信：那就比一比呗！不管你干什么，别被逮住就好。我爱你。我爱你。

4月23日，一封萨菲耶的亲笔信到了邮局。信封里装着一把吊在项链上的钥匙和一张巴塞罗那地图，地图的一角画了一朵黑玫瑰。露西把信封翻了个遍，都没发现只言片语的附言。她连一本书都舍不得送，露西想着，忍不住连啧了几声。她还没寄出自己亲手绘制的书，排队准备寄书的空当儿，她开始考虑还要不要寄。

排在她前面的一个女人在看报纸，露西看到了萨菲耶的脸——更像一幅马马虎虎的素描，接着见到了标题上的“巴塞罗那”一词。一个关键的段落让她心里一紧，一时透不过气来。仔细再看，她才看明白，警方在通缉一名涉嫌一起谋杀案的贴身女仆，他们怀疑，另外还有一系列犯罪，也是她用其他假名干的。

谋杀？不会吧。不会是萨菲耶。露西连连后退，一直退到背贴着墙根，无路可退。她缓了缓神，才走着去火车站，买了一张票和一份报纸。等车的工夫，她两眼只盯着报纸的那一版。她要去信封里那张地图指示她的地方，她要找到萨菲耶，萨菲耶会跟她解释，然后两个人放声大笑。当然了，她俩只好逃出欧洲大陆，说不定真像萨菲耶希望的一样，本本分分地挣钱过日子。老天保佑，千万要保佑。一路上，她心里一直默默祷告。途中三次换车，花了大半天的时间。每次换车，都好像有一座山一路跟着她——只要她扭头去看，都有一座山亦步亦趋。她把它看作自己的那座山，在格勒诺布尔第一眼见到的那座山，现在希望它一路陪着她，直到她找到萨菲耶为止。

露西循着萨菲耶的地图，一路找到了一堵墙，墙上有一扇粗制滥造的门。看那样子，能不能打得开都是个未知数，那不过是为了掩饰这堵墙上的一处瑕疵罢了。露西掏出那把钥匙，开了锁，走进一座玫瑰丛生的院落。她迎着阵阵香风，拂开挡在她眼前的一面花蔷薇和犬蔷薇藤蔓织成的花网，淡蓝色蝴蝶在她的脚边纷飞。萨菲耶说过，露西准要笑话她这次表示的心意，要是在这儿找到她，露西还真说不准会乐到不行。要知道，以前从没有人送过她这样一座秘密花园。但报纸上说有个长得像萨菲耶的女人杀了雇主，露西真担心她的这份心意是这桩大罪的种子。到了傍晚，她一时想在玫瑰丛中过夜，让阵阵扑鼻的香风带她找到答案，不过，去找萨菲耶要比在这儿做梦强得多。

她在这座城市东奔西走了两个星期，听到大家纷纷议论杀人的女仆。她不敢回玫瑰园，但她脖子上挂着那把钥匙，既希望、又担心被人家认出来。白白跑了两个星期后，她只好趁钱还没用完，回了格勒诺布尔。那个赌棍进了医院。他在赌桌上损失惨重，老婆发现他干的好事，不知哪来的力气（他称之为“非人的力气”），打断了他的两条胳膊，接着收拾行李，改嫁了一个木匠。原来在他出门挣钱的时候，这个木匠显然一直跟她暗中来往。见到露西，他还是很开心：“我又要交好运了！”露西能干什么？她为他做饭；不在床前照顾他的时候，她就出去偷钱帮他付医药费。他们的友谊一直保持到今天：赌棍忘不了露西为自己担负起的责任；露西没想到赌棍从不怨天尤人，从不把自己的一丁点过错推给别人。

她回到格勒诺布尔没几个星期，一场春天的暴雨冲下了山头的苔藓，把大街小巷弄得泥泞不堪。雨夜将露西的卧室窗户变成了一扇门；一觉醒来，露西发现敲打窗玻璃的不仅是雨点……是有人在敲。她睡眼惺忪、摇摇晃晃地过去开窗户。等萨菲耶好不容易爬进来，已是浑身发抖，淋成了落汤鸡。她们长久地相拥在一起，一直吻到露西的睡意全消，听着萨菲耶的牙齿咯咯地打战。她取来了毛巾，萨菲耶为她表演了一小段令人心碎的脱衣舞，露西搂着心爱的人，紧紧地搂着她，暖着她的身子，忍住没问她想问的问题。

过了一会儿，萨菲耶开了口，她的语气一点没变，和露西记忆中的声音一模一样。

“我今天从别人那儿打听了你的情况，甚至在街上跟了你一段路。你买了些打折的帽带和一袋洋葱。有好几次，我险些以为自己暴露了，但现在我确信你一直不知道。你过得不赖，我为你感到骄傲。我现在只要带一把钥匙来给你捣捣乱。我想给你……我想给你……”

“睡吧，”露西说，“睡觉就好了。”这是她好不容易有力气说的一句话。但萨菲耶是来跟她说钥匙的事的，钥匙，钥匙，就像一种狂热，不听她解释清楚，露西根本睡不着觉。

从一开始，萨菲耶就极其讨厌雇主戴尔·奥尔莫夫人的腔调，她说：“这个女人可会打小算盘了，精明得不可理喻……只要她想起人家给过她东西，都记成人家只给了她一点点，自己留下一大份；但只要她想起给过人家什么东西，她都记成自己慷慨得很，慷慨得险些让自己破产。”除此之外，萨菲耶对戴尔·奥尔莫夫人既说不上喜欢，也说不上不喜欢，还不如花些心思盘算她家的财产，肯定少不了。除了这些，那女人脖子上还挂着一把钥匙。她那时一边把玩着钥匙，一边一个接一个地面试园丁；面试的时候，萨菲耶一直在场，记记笔记，念念品德见证人的信。看那样子，这些园丁没人能满足戴尔·奥尔莫夫人“一丝不苟”这条要求：园丁必须将园子打理得井井有条，还不得对外透露一点风声。到了最后，萨菲耶主动请缨，一试她在园艺上的身手。等到她赢得了戴尔·奥尔莫夫人的充分信任，带她到该市另一头的花园门口，打开门让萨菲耶看了一眼。萨菲耶立刻明白了，这绝不是一个园丁就能应付得了的地方，她认为玫瑰是一件永恒的礼物，这里是一处令人震撼的工作室，露西可以在这里工作、嬉戏、研究色彩。戴尔·奥尔莫夫人吩咐萨菲耶等在门口，自己进了花园，从身后带上了门。半小时后，这位夫人两颊绯红、呼吸急促地走了出来……

“就好像被人吻过似的？”

“压根儿不像那么回事。她倒更像一个出了毛病的温度计，被抓着狠狠地甩了几下。我问她园子里有没有旁人，她险些失声冲我尖叫。‘没有！没有的事。你为什么要问这个？’夫人采了一束艳丽的黄玫瑰，上面点缀着淡紫色条纹，跟鲜艳的花朵比起来，她的手仿佛盛花的破硬纸盒。乘马车回去的一路上，戴尔·奥尔莫夫人都一直将玫瑰搁在腿上，我们到家的时候，她才恢复了平静。但依我看，园子里肯定还有人，要不我的那个问题不会那样惹她不快，你说呢？”

“我去的时候没别人。”露西说。

萨菲耶眨了眨眼睛：“这么说，你去过那儿了？”

“去过，里面只有玫瑰。”

“只有玫瑰……”

“你哪来的钥匙？”露西等着她编瞎话。两个人面面相觑，头凑到了一起。

萨菲耶将信将疑地望着她：“一天晚上，我上楼去夫人的客厅，想问问我睡觉前还有什么需要我做的。除了我，夫人只请了一名厨子和一个打杂的仆人，他们不跟我们一起住，当晚都回去了。我敲了敲门，夫人没应，但我听见了……一声响动。”

“一声响动？是有人在说话吗？”

“对——哦，不，是嘎吱一声。听起来是转动一个生锈的把手，或是将一扇木门强行地推到底或硬推向我，在我听来是‘生长’的声音。我经常想象，如果我们能听见树在生长，就会听见它们吱吱嘎嘎的那种声音。我又敲了敲门，嘎吱声停了，但随之便彻底陷入了沉默，令我感觉不祥的一段沉默。但我认为我应该尽到责任，只要我及时推开门，说不定能救人一命……我想不下去了。所以我无论如何都要推门看看。我暗暗祷告门上了锁。谁知门却开了，只见夫人背对着我，披着月光站在窗口。她捧着一朵玫瑰，仿佛捧着一只茶杯，正要送到唇边。她站得笔直，没见过谁像她一样直挺挺地站着，连戏院的舞蹈演员都比不上……”

“死了？”

“不，她不过是打了个盹儿——当然，她现在确实是死了，露西。我点了桌上的纱灯，走进去瞧。她眼睛睁着，露出似有所悟的神色——我险些以为她要我别出声——好像她清楚自己的遭遇，正要说：‘嘘，好了，好了，我知道了。你不用管。’这是最吓人的样子。吓死人了。我上下打量了一眼她的其他部位，想把这幕给忘了，结果接连发现三件事：第一件，她手上的玫瑰与窗台花瓶中的颜色不一样。花瓶中是带淡紫色条纹的黄玫瑰，跟我先前告诉过你的一样，夫人手中的那朵却是带褐色条纹的橘红色。”

露西在脑子里调着色。黄色变橘红需要添什么色，蓝色或紫色变褐色又要添什么？红色。

“我还看见夫人胸口有一个孔。”

“一个孔？”

“一个分毫不差的小针孔。”萨菲耶拍了拍露西的胸口，轻轻地一点，“穿胸而过。但是，不见血迹。”

机关全在这朵玫瑰里。

“还有呢？”

“橘红玫瑰的花梗。”萨菲耶又打了个激灵，“这些事，你叫我怎么跟警察说？你叫我怎么跟他们说，我就是这样发现她的？那朵玫瑰还长了一条尾巴，长长的、弯弯的，长满尖刺？我落荒而逃。”

“你先拿走了那把钥匙。”露西提醒她。

“我拿了钥匙，然后逃了。”

这对恋人各怀心思，闭上了眼睛，想着想着就睡着了。露西一觉醒来，萨菲耶已经走了。她留了一张字条：“等着我”，这是那天晚上她的突然来访不是梦的唯一证据。

十年过后，露西还在等。这一等彻底改变了她的人生。首先，她从法国搬到了西班牙。她现在唯一用的名字是她的真名，萨菲耶知道的名字，为的是萨菲耶能找到她，也是意在维护这个名字清清白白的名声。她给一家画廊的老板看了她画给萨菲耶的一书玫瑰。那男人请她出个价，于是她开口要了一个连自己都认为过分的数字，但他却当场掏钱成交，之后又请她多画些送来。这样来看，是萨菲耶让露西成了有身份的人。

露西太太与萨菲耶分手，导致了她之后就常画风景，想从风景中寻找萨菲耶。露西太太不总在这些画中露面，但萨菲耶却常常现身，望着这些画作，仿佛让你也跟着寻找一位不知下落的女人。这可不是件易事。不知为何，就算你在这些画中见着了她，也并不等于找到了她。露西太太也画别的主题。她画自己心目中的巴黎；蒙特塞也总趁午餐休息时间到露西太太的工作室为她做阿弗洛狄忒[1]的模特。蒙特塞是个老实不下来的人，她一再被告知，“别动，别动，别动，你就那样好了！”接着，露西太太会过来，稍稍抬起蒙特塞的下巴，或拿手指梳一梳她的头发，让头发自然地披在她的肩头。蒙特塞皱着眉头，扮出一副楚楚可怜的模样。她觉得只要有露西太太在，她在那儿待多久都成。

不过这些画不出售。让露西声名大噪的，是她画的下落不明的女人。据说画的这位下落不明的女人是这位太太本人，但要是谁问起蒙特塞，她肯定不愿苟同。有些画，她再了解不过，还在画展上见过许多。星期天早上，她会默默地徜徉在这些画中间。比如有一张画，萨菲耶背对着观众，穿过白雪皑皑的山谷，身后却没留下一个足迹；在另一幅画中，萨菲耶爬下一段云梯；转向下一个画框，她又成了一位满头华发的女人，闭着眼睛，化作尘土，同时又用左手中的一把小刷子掸去身上的灰尘。

“那座花园呢？”蒙特塞拉特问。

露西笑了：“还是我的。我一年过去一次。那把锁一直没换过，想是那地方彻底被人遗忘了吧。除非她有朝一

[1] 希腊神话中爱与美的女神，相当于罗马神话中的维纳斯。——译者注

日去那儿见我。”

“但愿如此，”蒙特塞撒了个谎，“那儿没什么危险吧？”

“她说的话你也信？”

“嗯……信。”

“谢谢你。谢谢你这么说。哪怕你说的不是真心话。报纸上说这位福斯塔·戴尔·奥尔莫夫人被刺杀身亡，跟萨菲耶说得相差无几……”

蒙特塞认为，即使到现在，她也难以将心中的疑虑转为实质性的证据。她可以轻描淡写地说：我为你的忠贞不渝所深深感动，但你苦等的人很可能是个杀人凶手。这桩离奇凶杀案的嫌犯出逃情有可原，从容自如地取走那把钥匙却令人匪夷所思。蒙特塞认为，只有萨菲耶自己才能说得清。就算是蒙特塞自己，在当时那种情况下，也不敢说该怎么办或不怎么办。如果那样能看出自己的为人，那么她宁愿不想知道。对，蒙特塞可以帮露西太太解开心中的谜团，但乘人之危是为人不齿的。

“说说你那把钥匙吧，蒙特塞拉特？”

露西的钥匙闪闪发亮，蒙特塞的那把却灰秃秃的，显得寒碜；说不定只是镀了一层金。她撩起围裙揩了揩。

“就是个假货吧，我猜。”

等到蒙特塞下班，商店全都打烊了，再说第二天是圣霍尔迪节，所以蒙特塞就跑进街对面的书店，为露西太太挑了一本封面非常漂亮的书。跑了这趟差事，再加上听完露西太太的长故事，等回到洗衣房，蒙特塞拉特已经迟到了足足一小时。晚餐过后，她加了好久的班，一边在盖塔太太的监视下干活儿，心里一边暗暗咒骂阁楼里营造的空间幻觉。从天花板到墙面连绵的线条让如棺材般狭小的屋子显得没那么逼仄。盖塔太太检查完她的工作，才放她下班。对蒙特塞午餐后迟到这种可耻的行为，盖塔太太只撂下了一句话："下不为例，亲爱的。"

蒙特塞回到卧室，上了床。这张床还睡着另外三个身材和她差不多的洗衣女工。她和床友们经常聊天聊到眼睛睁不开。她们四个人是好朋友，再说她们只能做朋友。蒙特塞那晚是第一个上的床，等其他三个人一一爬上床，将蒙特塞挤到贴着卧室的墙，她累得都懒得插话。

蒙特塞加班加点那会儿，其他几位洗衣女工去听了一场音乐会，瞧见了"采石场"大楼几对八卦最多的夫妇，你看着我，我看着你，脸上堆着阴郁的笑。三楼的阿蒂加斯先生和四楼的巴尔德斯太太是一对情人，他们的正牌配偶都睁一只眼闭一只眼。巴尔德斯太太的丈夫是位绅士，年纪比她大很多，他认为这栋建筑设计上存在重大瑕疵，令他心情相当沉重——大楼的电梯都是隔层才停，逼着你多上或下一段楼梯，在这段路上去见一见邻居。巴尔德斯太太和阿蒂加斯先生当初就是这样认识的。巴尔德斯先生希望妻子对阿蒂加斯“那个花花公子”不过是头脑一时发热。阿蒂加斯的妻子却没这么耐心，她等不了那么久。她并不谨慎地找人询问过几次雇凶杀人的事，最后她丈夫放出狠话，只要她伤害巴尔德斯太太一根头发，他就自行了断，她这才罢手。阿蒂加斯先生何不干脆跟老婆离婚，求巴尔德斯太太抛下丈夫，嫁给自己？（人们私下议论纷纷，都说只要他开口，她准会一口答应。）但阿蒂加斯先生未必开得了口。虽然这个情妇是他平生结识的最讨人喜欢的朋友，但妻子却是一位要继承一大笔遗产的人。脑袋正常的男人要抛弃一位遗产继承人，除非去投奔另一位遗产继承人。“兴许下辈子吧，宝贝。”阿蒂加斯对巴尔德斯太太说。这句话说得她喜极而泣。所以，在两个人私会之外的场合，阿蒂加斯和巴尔德斯太太常常眉来眼去。阿蒂加斯太太气得大动肝火，巴尔德斯先生却耐心地等待越来越渺茫的希望应验。两家人的邻居联名写信向这栋楼的房东请愿，请求将阿蒂加斯和巴尔德斯两家人驱逐出门。大厦管理员夫妇虽然在请愿书上签了名，但看不过巴尔德斯老先生可怜，鉴于“采石场”大楼的名声已经够臭的了，能否保住这份见不得人的安宁还是个未知数。睡在最外边的蒙特塞的床友劳拉为此还跟好些人打过赌。

圣霍尔迪节那天一早，蒙特塞趁还没上班，爬楼梯上了三楼。对露西来说，蒙特塞是她的阿弗洛狄忒在世。周围的粉壁和窗棂仿佛坚硬、有棱有角的海贝，盘旋而上。她只带了一本书和一朵玫瑰。太太不在家，想必她去了她的花园陪她的玫瑰了。蒙特塞将玫瑰搁在书上，将礼物放在露西太太公寓的门口，然后才去上班。

“蒙特塞拉特，你看报纸了吗？”有同事隔着洗衣槽嚷道。

“我从不看报纸。”蒙特塞拉特咬着一嘴的线头答道。

“蒙特塞拉特，戴钥匙项链的蒙特塞拉特。”一旁的玛尔塔哼起了小调。其他女工也跟着唱了起来，蒙特塞放下手中的针，问：“好啦，这句话是个笑话吗，姑娘们？”

“她们说的是今天《先锋报》早上登的那则启事。”盖塔太太说着，将报纸放在蒙特塞的针线箩盖上。蒙特塞念道：

恩佐·戈麦斯代表戈麦斯、科鲁兹和莫利纳几户人家，希望联系一位叫蒙特塞拉特、持有一枚长一英寸[①]半金钥匙的女人。

眼尖的盖塔太太二话不说，捡起一根一英寸半长的红线，与蒙特塞的钥匙比了比。长度一致。盖塔太太抬手拍了拍蒙特塞的肩头，接着回到屋子前面，检查一堆刚洗好、等着送还主人的衣服。蒙特塞身边的姑娘们叽叽喳喳地嚷开了。

“蒙特塞，别去！这是个圈套！就好像《闪电与不可检测毒药》[②]里面的情节……”

“那是咱们的塞西莉亚又把她从收音机上听来的喜欢的故事跟现实混为一谈啦……想得真龌龊……”

“别怕，嗯，蒙特塞——我看你就不是块洗衣服的料，想必生在有钱人家！”

“蒙特塞拉特，你可别忘了我劳拉·莫拉莱斯一向喜欢你的哦……还记得你刚来的那天，我把午餐分给你吗？”

“……等她搬到新家，她可以把我们都请过去过周末——快去吧，蒙特塞！一年就请我们过一次周末。”

“小姐们，小姐们，”盖塔太太好容易才插进了一句，“我今天头痛。别吵了，要不你们一个个都给我另谋高就

---

① 1英寸≈2.54厘米。——编者注

② 此疑为作者虚构的作品。——编者注

去吧！”

蒙特塞的眼睛始终没离开手中的活计。这是她按捺住心情的唯一一个办法。

恩佐·戈麦斯律师先打量了一番她的手和工作服，之后才望向她的眼睛。碱性太重的肥皂和水让她的手变得粗糙，她忍住没把手藏到背后。她解开项链的搭扣，将钥匙递了过去。她自报姓名，律师掂了掂口袋里的一串钥匙，说：“我们能证明的唯一办法，就是试试这把钥匙。我们走。”

他们走的是一条熟悉的路。“我经常去那条街的一家画廊。”蒙特塞抬手指了指，说。律师一直在打量着她，但听她说这话，他睁大了眼睛。

“你经常去萨拉萨尔画廊？”

“对呀……他们展出的画作是——”

“对当今的艺术家，我了解得不多，也就从前的大师还值得一看……不过，那正是我们要去的地方，去萨拉萨尔画廊。”

戈麦斯停下脚步，从公文包里掏出一个文件夹，对着里面的一张纸大声念道：“尽管我有更好的见解，还是遵照我对弟弟伊西多罗·萨拉萨尔许下的诺言，本人，扎卡里亚斯·萨拉萨尔将我在阿尔罕布拉大街 17 号家中的藏书阁留给一位叫蒙特塞拉特的女人，请她带上藏书阁的钥匙以证明身份。如果在我死后五十年这位要找的人还没出现，请换掉藏书阁的门锁，以结束这段闹剧。因为，如果找不到母亲，何需女儿？”

恩佐收起文件夹。“希望你就是要找的人，”他说，“我今天见了许多自称蒙特塞拉特的人，但多半是冒名顶替的骗子。不过你——但愿是你。你是……你了解萨拉萨尔家族吗？”

“我知道老扎卡里亚斯·萨拉萨尔生前是一位亿万富豪，身后无亲生子女，但却拥有主顾留下的许多艺术品……”

“看来你仔细读过画廊的介绍手册了。”

画廊的一位接待员为他们打开了大门，领他们沿着贴了烫金壁纸的走廊七拐八拐地来到藏书阁门前，藏书阁就在走廊的尽头。蒙特塞在将钥匙插进锁孔、打开门锁的过程中，隐约看见恩佐·戈麦斯掏出手帕，揩了揩额头。门开了，眼前出现一间屋子，里面是一排排高高的书架以及顺圆顶的弧线而下的高窗。晚霞照亮了头顶的枝形吊灯，他们手挽手，戈麦斯终于想起自己的差事，大步走向附近的一张写字台，准备移交公文包里的文件。

“真高兴找到了你，蒙特塞拉特，”他说着，将文件放在写字台上，轻轻地拍了拍，“今后如有用得着在下的地方，万望告知一声。”他鞠了一躬，与她握了握手，撇下藏书阁中的她，头也不回地走了，唯有打战的裤管泄露了他的情绪。

蒙特塞徜徉在书架间，一直到天色渐暗，视线不再清晰。她认为，如果这地方真要是她的，应该把此处向公众开放；这里的书太多了，她一辈子也读不完。关于吞剑术、海上发现的新物种、钥匙占卜以及北极光的书籍让蒙特塞想起了这个等待探索的大千世界：她在梦中见过、还想再见一次的事物。一本书，随便一本书都能带她重温那些场景，再往下看，她发现这不是白日做梦。空中飘着真皮封面书的味道，以及一股若有似无却可以辨认的香味：玫瑰。她双手捧着脸，放声大哭：她一直戴着这儿的钥匙，现在站在这里，却说不清身在何处。玫瑰的花香越来越浓，她在围裙上揩了揩手，开了灯，打开恩佐·戈麦斯交给她的文件夹。

文件中的文字如下：

蒙特塞拉特，我万般宠爱你的母亲。来我家的房客，我无不喜欢。我是个傻子，但还不至于傻到让一帮我不信任的人围着我转。楼下究竟发生了什么事，我说不好；我们在楼上的一向都是最后一个知道的。情况可能大不相同。这里本该成为你的家，我也会宠着你，你长大后会成为一个美丽端庄、人见人爱的姑娘。那该有多好。

我说过，家里的每一个成员，我全都喜欢，但我格外喜欢奥莱丽亚。我现在上了年纪——也是一个老浪荡子——记忆大不如前，总是丢三落四，唯有几件事却始终忘不了。有些话说得我很开心，因为是恰当的人在恰当的时候说的；还有一些画也让我开心，因为它们代表着一段段美好时光。有一幅画的是你母亲灿烂的微笑，她脸上始终带着一抹淡淡的焦虑，仿佛即使在逗你的时候，她也想不出她竟能这样开心。但愿这副笑容现在就在你眼前。但愿她回来找你。

请恕我啰唆一句：谁也别想叫我相信奥莱丽亚偷过我的东西。比我更尊重你母亲的人，恐怕唯有我的弟弟伊西多罗。他说我应该把藏书阁留给她。后来他又说，如果我把它留给她女儿，她会更开心。“按我说的办，要不我到死也不会放过你。”他在信中写道。这栋宅子的其余部分如今都献给了艺术；我在这儿，或许打扰了太久。但藏书阁留给你。希望你喜欢，乖孩子。

又及：我发现奥莱丽亚给你的信附在我弟弟的遗嘱里，不清楚怎么到了那里。

扎卡里亚斯·萨拉萨尔

奥莱丽亚的信让蒙特塞站起身，一边读一边走在书架间，偶尔驻足，在藏书阁壁龛随处可见的软椅上坐一坐。她从信上抬起头，沿着书架望去，进入了往事。

亲爱的蒙特塞拉特：

我长话短说，因为我是要来找你的，所以当真没有这个必要。我写这段话，无非是让我清醒一下头脑。放下你不管，哪怕一小会儿，我都割舍不下。但伊西多罗认为，就算出现最糟的情况（其实不会），藏书阁的钥匙也无论如何能把你带到这儿。

我来跟你说说钥匙的来历：那天是我，三十岁的生日，唯独福斯塔·戴尔·奥尔莫知道这事。有的人对秘密的嗅觉就好像蚂蚁对果酱一样灵敏。福斯塔就是其中之一。她查出那些无人知晓的秘密——不是为了公之于众，而是为了把它们毁灭，不让人家知道。毁灭不为人知的事物才叫她开心，为什么呢？因为她觉得有趣。主人有一次对我们提起过他的一个表妹，一位可爱活泼的姑娘，可惜脑子有点不灵光。有一天，表妹出人意料地寻了短见，在给一位朋友打过电话之后。那位朋友现在成天搜肠刮肚地想她当天说过的话里有什么过重的、不合适的，自己也抑郁了。主人说这个故事的时候，我注意到福斯塔走出了我的视线。她在偷笑，但越笑越忍不住，直到她笑得呛住了，主人才注意到。她说是自己不堪忍受这其中的悲伤与蹊跷，一边说，一边画着十字。那时候我吓坏了，不敢戳穿她。你敌不过福斯塔，因为她信鬼神。主人说信鬼神能让她走正道，但事实却是她自认为上了正道，才敢什么都不在乎。当福斯塔送来一个插着蜡烛的小蛋糕，叫我许个愿时，我真想一口回绝。这种念头真蠢，但我不想让福斯塔知道我的生日，生怕她施展魔法把它夺走。真要这样的话，我就绝对不会出生，再也没机会做人，听见你父亲的甜言蜜语，爱上他。他一走了之（我是说你父亲），再叫我逮着他，我准会按捺不住脾气，要当面责问他，骂他是个懦夫，把我一个人丢在这儿。我当时还不知道我怀孕了，但他肯定知道。他一定对此事有所觉察。有一次他说："宝宝太……"我还以为他要说一些诗意一样的话，谁知他却说，"不好养。"

我该说说这把钥匙的来历了！我吹生日蜡烛的时候，许的愿是得到一百万本书。许这个愿望，想是因为当时我不得不强装笑脸，但我不想再这样下去，希望过上真正幸福的生活。

主人有一位丈夫，叫帕斯夸尔·格雷克。我并不是说他们俩有进过教堂的正式婚姻关系，而是他们俩相处的方式。家里的其他仆人装作没看见，说帕斯夸尔不过是主人的好朋友；但福斯塔·戴尔·奥尔莫却说他们准是睡一张床，而且他们有的是钱，可以为所欲为，不必顾及别人的感受。你的钥匙似乎不要我多说，但我要说。我愿意说。主人和帕斯夸尔每周大概要斗三次嘴。主人不是一个爱发脾气的男人，但他爱认死理，常常让别人大为光火。帕斯夸尔热衷户外活动，要不了多久就要出一次门；他闲得心烦意乱的时候，一准要斗嘴——大概一周三次吧。主人会退避藏书阁一段时间，在那里吃饭，帕斯夸尔则骑着马出去。但等主人从藏书阁出来的时候，往往平静了许多。想必是这些书平息了主人的心绪吧。几百万本书——就算你匆匆瞟一眼，装作全然没兴趣的样子，也能看出来也有这个数。我许过愿后的当天，那把钥匙就落到了我的手里。主人把钥匙落在便服口袋里，派人送到楼下叫我洗。偏偏就是这把钥匙。钥匙刚一到手，用钥匙的机会就紧随其后而来了，因为主人和帕斯夸尔决定去布宜诺斯艾利斯过冬。我当时已有四个来月的身孕，不得不束腰来保住你这个秘密，保住我在这个家的一席安身之地。当晚我进了藏书阁，在那里寻找安宁和勇气。

我不知道从何入手，于是干脆找我熟悉的名字，最后见到了圣女贞德[1]的传记。我坐了下来，如饥似渴地读着；我一口气把书读完，好像有人拿了一把屠刀，在字里行间对我紧追不舍。第二天晚上，我读得慢了些。我花了四个晚上把《伽利略传》看完，因为他的命运令人难以接受，让我忍不住连声说“这些坏蛋”。有一次，我刚说完，就听见藏书阁一头传来一声响动。晚上的藏书阁充斥着各种声音：没被读过的书忍不住或自豪、或羞答答、或狡黠地告知它们的内容。但我听到的却不是书的声音，倒更像强忍住的一声咳嗽、喷嚏或者清了清嗓子，抑或骤然的三者兼而有之。接着一切归于平静。连书都闭上了嘴。我向面前的书架望去，一一看了书脊上的书名。有两处书脊之间出现了一条缝，露出两只向外张望的眼睛。不是主人的眼睛，也不是帕斯夸尔的，我的记忆中没见过这两只眼睛。

我壮着胆子问：“你在这儿干什么？”

“你在这儿干什么？”那人反问道。听他语气里带着些心虚，于是我不怕了。

---

① 贞德（1412.1.6—1431.5.30）：法国女军事家，天主教圣人，被法国人视为民族英雄。在英法百年战争（1337—1453）中，她率领法军抵抗英军的入侵，最后被捕并被处决。——译者注

“你没见我在看书吗？”我说，“或许你也应该看看书，而不是窥探人家。”

“或许是吧，”他说，“我不过是以为你是另一个人罢了。”

“什么？另一个人？”

“对，但请你别跟她说你见过我。”

“为什么不能说？”

“因为那样她就知道我见过她……在我当面跟我哥哥说过之前，不想让她知道这件事。”

“你哥哥？”

“你话真多，美女小偷。我现在要休息了。不过请你答应我，你不要跟她说。”

不用多说，他说的那个她肯定是福斯塔。我甚至都不想问她犯了什么错。

“我可不是小偷，”我说，“我也不会跟她说任何事。总之，我没见过你，除了你的眼睛。”

“怎么？你还对我的眼睛有什么说法吗？”

“这是一双老人的眼睛。”我说着，捧起《伽利略传》挡住我的脸，一直到听到他走远。他一直走到藏书阁的后面，上了一段楼梯——我听他上楼前，还不知道藏书阁还有一段楼梯。你瞧，蒙特塞拉特，你会看见一段楼梯，就在两排书架之间，通向半墙上的一扇门。出了那扇门，是主楼的一个厢房，只有为数不多的几名仆人知道，虽说我们都知道主人的弟弟伊西多罗·萨拉萨尔住在那里。不，是住过——对，我们知道他在那里等死，不希望有人过问，也不希望人家提起。一位特地请来的厨师按一位瑞士医生开的延年益寿的营养食谱为他做饭，福斯塔跟我们提过她曾在伊西多罗的卧室里为他摆上刀叉碗盏和饭菜。不论他吃什么，或者不吃什么，他都难逃一死。想到这，我甚至怕自己这一番话让伊西多罗雪上加霜。

第二天，福斯塔为他送过午饭后，我找了一张纸，在上面写下："我不该那样对你。藏书阁粗心的笨女仆。"然后跑上楼，将字条从他卧室的门缝里塞了进去。有好一阵子，我都远远地躲着藏书阁，只有书籍叽叽喳喳的叫唤传到宅子一头的仆人宿舍时，我才过去。那晚他不在，但我走向《伽利略传》的那排书架，却看见相邻的一本书里露出一张字条。字条上写道："美女小偷收——请看看这本书，然后再看别的。"

他挑的书，有些我爱看，但有些却让我昏昏欲睡。我翻过字条，写下我的想法。他挑过一本薄薄的诗集，我看不太懂。我借他介绍给我的另一本诗集中的一句敷衍地回复："这也算一段美文，可惜毫无意义。"他气冲冲地回了一封长信——想必他就是这些烂诗的作者呢。

伊西多罗不肯靠近我，即使我开始有那种想法。我们在一起夜读，各在一排书架的一边，一声不吭地听着周围的书声。按司汤达[1]的说法，不出意外的话，你要一年零一个月才能爱上一个人。我们爱的速度太快，兴许是因为平日里我们没一件顺心事：每过一天，我就更难守住你的秘密一分，他也忘不了他是一个将死之人；他硬撑着瞌睡，直到噩梦强行把他带走。一天晚上，他不知不觉地在藏书阁睡着了——此前有过两次，但出于对他的尊重，我从另一条路出门，也就是说从他身旁走过，却不看他。但我听见他连声说："不，不……"我想都没想，就走了过去，弯腰想看看要不要叫醒他。他的相貌比眼睛显得年轻。我不知道他得的什么病，可能是消耗性疾病。望着他的脸，我看到他已不如往日俊俏。从一张熟睡的脸，你也能看出他的性格。这是一张不一般的脸，一脸的傲气、不服输，但又露出些许的憨厚，这是一位仿佛还未开口就已解答了我心中疑问的男人。他睁开那双老人的眼睛，深深地吸了一口气，好像要把我吞进去。当时我的样子，准像是作势要吻他。我们脸靠着脸，我的

① 司汤达（1783.1.23—1842.3.23）：19世纪法国批判现实主义作家，代表作有《红与黑》等。——译者注

发丝遮着我们俩；就算我们相吻，也不会被人发现。我吻了他，接着问他疼不疼。他说他不清楚，我们最好再来一次。他回吻了我。那之后，我实在不愿离开他，但我得赶在其他女仆醒来前，回到我的床上。

蒙特塞拉特，我说过，与你父亲相爱非常美妙，但与伊西多罗在一起时却恍如梦中。不是因为钱之类的事！这个男人爱得傻里傻气，顾不得那位学识渊博的医生说他来日无多；他让我觉得我们一见如故，他愿意和我相伴终生。那天福斯塔·戴尔·奥尔莫把我拽到一旁问："你有什么话想跟我说的吗？"我应该不寒而栗，但我没有。要知道，她随时可能问我怀孕的事。

伊西多罗那道楼梯外有一扇门，通向一座砌了高高的院墙的花园。花园也是伊西多罗的：他亲手在里面种了各式各样的玫瑰，并且亲自侍弄它们，一直到他病得什么都干不了，只能夜里去陪着它们。我们常常一块儿过去。花园从上到下要走很长一段路，有些路，是我背着他过去。对，我背着他，如果你能想象得出的话。因为服药，他浑身乏力，药的剂量越吃越大，但昏昏沉沉中，他也没忘了你："宝宝！"我告诉他，你不会介意，（你不会吧？）是他的分量保持了我的平衡。我们并肩躺在草地上，他神志越来越清醒。他非常喜欢玫瑰。一天晚上，我告诉他，他死不了，但他会变成玫瑰。

“如果此话当真，我倒不在乎这种死法，”他有气无力地说，“对了……玫瑰也是会枯萎的。”

“好吧，那之后，你又变成了别的了。说不定变成一只黄蜂，然后你就可以到处蜇不喜欢你诗作的人啦。”

就是在那段时间，我经常在我床上发现礼物，但礼物越送越大。从一把珍珠母梳子，到一只小牛皮钱包，最后是一条绿色的羊绒披肩。我跟伊西多罗说，别再送我礼物了。别的仆人一直问个不休。伊西多罗起初只是笑笑，但等他叫我把这些礼物拿给他瞧时，他却彻底糊涂了，那不是他送的。

“你确定没什么要对我说的？”福斯塔·戴尔·奥尔莫问。兴许她只是捕风捉影，但我以为她瞟见了我的肚子。她又告诉我，主人两个星期后回来。我还是没吭声。她突然推了我一把，要不是抓住了楼梯栏杆，我恐怕早跌了下去。她从我身旁经过的时候，从牙缝里挤出一句：“为什么是你看见了他？”

那天下午，我在枕头下见到的最后一件礼物，是一枚钻戒。我塞进围裙口袋，一直揣到晚上去藏书阁。我掏出戒指，问他怎么办。他说我应该嫁给他，是他委托福斯塔·戴尔·奥尔莫将戒指塞在我枕头下的；他知道其他礼物准是她捣的鬼，即使那些东西跟他毫无关系。不知她究竟打了什么主意，但只要我嫁给他，这都不要紧，也不会有什么可要紧的了。

“事不宜迟。”伊西多罗说。接下来，我只能张嘴望着他，然后点头答应。他叫我立刻去请一位牧师过来。我不知道去哪儿找一位牧师，于是去叫醒了福斯塔·戴尔·奥尔莫，求她帮帮我。她怪模怪样地瞧了我一眼，说：“你请牧师做什么？”

“我今晚要嫁给伊西多罗·萨拉萨尔。”我说。

“啊，真的？他莫不是你孩子的父亲吧？”她压着嗓子说，一双眼睛跟每次抓住别人把柄一样，陡然一亮。

“行行好，快些吧。”

福斯塔·戴尔·奥尔莫披上大衣，套上拖鞋，匆匆出门去请牧师。牧师很快赶了过来。他从容、镇定、慈眉善目，抓着我的手，问我出了什么事。“福斯塔，你难道没跟他说这是一场婚礼？”

福斯塔耸了耸肩，显得有些尴尬。我突然觉得好害怕她。我总觉得不对劲儿。我领着牧师去藏书阁，福斯塔·戴尔·奥尔莫一路跟着我们。伊西多罗不在，但等我打开藏书阁的门，那一头的门，最里间的那扇却砰的一声关上了。伊西多罗一看见福斯塔，就躲进了玫瑰园。我追了过去，但福斯塔和牧师却没跟过去。他们一边交谈，福斯塔一边指着什么地方……我现在知道了，她指的是伊西多罗的门。

伊西多罗不在花园里。我在花园找了一遍，又回到藏书阁，里面也空无一人。宅子里吵吵嚷嚷闹翻了天，伊西多罗住的厢房传来上上下下的脚步声。我看到了他的屋子，屋子里面的各个房间，那晚是第一次看到。我和伊西多罗请来的牧师对着躺在床上的一具苍白的尸体祈祷。牧师念完祷告，叫我千万别害怕，有什么话跟他实说，谁也不会为难我，还说幸亏我叫人去请他过来。

“我不明白，你在说什么？”我说。

“这人死了至少一天了。别，别冲我摇头，小姐。你瞧他身体都僵了。他得了重病，天可怜见，这对他是个解脱。是你一早进来，发现他这样的，我说得对吗？主人不在家，你担惊受怕了一整天，不知对谁说，不知怎么说才好，最后急火攻心，只好在心里编出了婚礼这个故事。我说得对吗？”

仆人们个个竖起了耳朵，但我还是一个劲儿地否认，他搞错了。我手伸进口袋，要掏戒指给他看，但戒指也不见了。

“我的戒指呢？”我转身问福斯塔·戴尔·奥尔莫，她却用恶毒至极又温柔无比的腔调答道：“什么戒指，奥莱丽亚？你可不能乱说话呀。”

我不再说话，仔细打量着床上的尸体，心中暗想，这是伊西多罗，不是别人。这是我必须要了解的事实，如果我执迷不悟，情况会对我非常不利，但这的确是一个非常深刻的教训。

牧师临走时，答应一会儿回去就给主人写信。我们仆人都回去就寝了。福斯塔最后一个离开伊西多罗的卧室，她轻轻地带上身后的门，仿佛他在睡觉。接着她抓住我的胳膊，拖着我去楼下女仆们的宿舍，法官和陪审团已来了多时。究竟是我得了失心疯，还是干脆就是撒谎？他们拿出了我收到的礼物，正纷纷议论，福斯塔对他们说了礼物的出处。她说我从主人送洗的衣服里拿了藏书阁的钥匙，偷卖了他的许多珍贵的图书。我估计这是我去藏书阁之前，福斯塔自己干出的勾当。

“真蠢，花钱买这种玩意儿。”厨子说着，把绿披肩摔在我的脸上。

“有些人哪，只顾着眼前。”福斯塔·戴尔·奥尔莫说。另外两个女仆没接话，看样子，她们压根不信福斯塔·戴尔·奥尔莫的鬼话，兴许她们跟她也有过节。但紧接着，福斯塔宣布，连伊西多罗·萨拉萨尔也早知道我是一个小偷。她拿出了伊西多罗在藏书阁留给我的字条，想必是我躲着不去藏书阁的那段日子写的。“美女小偷”四个字让他们信以为真。主人一向慷慨大方，失窃给他造成了种种不必要的麻烦。早知道现在有这么多书失窃，他当初还不如小气些。仆人们把我赶出了宿舍。他们跑进厨房，拿来锅和盆，一边敲，一边齐声喊道：“不害臊！不害臊！不害臊！”我只好躲在床上，拖过被子蒙住脑袋，但他们围着我的床，一个劲儿地嚷嚷：“不害臊！不害臊！不害臊！”被子挡不住一声接一声的咒骂，我落荒而逃，福斯塔和仆人们敲着锅和盆满走廊地一边追，一边尖声嚷着，不知谁向我扔了一把刮铲，接着他们将手中的调羹扔向我。过后想起，那声音真好笑，但在黑咕隆咚的宅子里冲你扔银调羹是真够吓人的，你可以看见一把把亮闪闪的小剑冲你飞将过来。如果这些人手里拿的是匕首，那可就惨了——他们彻底丧失了理智。

我好不容易逃进了藏书阁，闩上了身后的门。我提笔，给你写了这封信，我的蒙特塞拉特。仆人们停止了喧闹，上床歇息去了。你快要出世了，可能就在今晚，没准在明天。我觉得你就快来了。我想好了托付你的地方，我事出无奈。至于这封信，我会把它托付给玫瑰，然后我必须出走一段时间。至于多久，要等我查明了真相，或者说至少查明事情的来龙去脉。我给你写这封信的时候，觉得伊西多罗始终在看着我，好像要跟我说："我们本可以成为夫妻。要是你去请来牧师，而不是叫福斯塔去，我们本可以成为夫妻。"当然，他不可能真开口对我说话，因为我亲眼见过他的尸体。我为什么不害怕呢？

蒙特塞读着母亲的信，不知不觉地走到了藏书阁的尽头，来到了通向伊西多罗花园的门前，她掏出同一把钥匙开了门。门外的暗处，一个人惊得连退了两步，原来是露西太太。

"我看见那扇门缝里有灯光透出来，"露西说，"我才发现。"她瞥了一眼蒙特塞的背后。"拿一朵玫瑰换你一本书。"她说。

『对不起』有用吗

'SORRY' DOESN'T SWEETEN HER TEA

외로워서 밥을 많이 먹는다던 너에게

권태로워 잠을 많이 잔다던 너에게

슬퍼서 많이 운다던 너에게

나는 쓴다

궁지에 몰린 마음을 밥처럼 씹어라

어차피 삶은 너가 소화해야 할 것이니까

谨以此文

献给因孤独而贪吃的你

献给因厌倦而贪睡的你

献给因悲伤而不住落泪的你

把陷入困境的心当作饭一样咀嚼吧

反正人生都是要由你自己来消化的

《饭》，千良姬

“你好好照料鲍狄卡，鲍狄卡会知恩图报的。”基大老玛[①]说。

我和鲍狄卡隔着基德那淡蓝色的玻璃金鱼缸对望了一眼，说：“请再给我说说它的情况吧。”

肉眼看起来，鲍狄卡是潜伏在海藻丛中的一团绿色烟雾，像极了打翻的化学颜料。但基德这张证书称鲍狄卡为Betta splendens，即俗称的暹罗斗鱼，因为这种鱼有能耐挑起鱼缸内的一场混战，令人不禁佩服几分。鲍狄卡才不管它们是大是小、谁美谁丑，只要它们闯入它的领地，它无不除之而后快，抑或等到其他鱼睡着了再伺机发动进攻。如果碰上一条鱼干脆不予理会，那就吃掉它下的鱼卵，当着失去孩子、悲恸欲绝的母亲的面在水中翩翩起舞。

因此，鲍狄卡现在孑身一鱼，这也是它一直以来梦寐以求的。

我觉得打了一辈子光棍的基德把鲍狄卡视为鱼版的自

---

① 基大老玛（Chedorlaomer）这个名字也是《圣经·旧约》中以拦国（Elamites）国王的名字，下文的基德（Ched）是基大老玛的昵称。——译者注

己，只不过从未大声说出口罢了，至少没对我说过。我们一般不谈这类话题。即便基德和鲍狄卡可谓同属一类，但事实上这个男人能自食其力，鱼却要人一周喂两次食。

基德打电话叫我过去，说是他要出门两年，希望我代为照料鲍狄卡。一周两次，总共两年！加之基德的宅子阴森恐怖，他称之为“锁之宅”，坐落于萨福克郡的伊普斯维奇市。他经常出门旅行，我手上有一套他家的备用钥匙，替他看家，收取邮件、为盆景浇浇水，那时候他养了好些盆景，但我不敢在那里久留。说句实话，我在那儿也没碰到过什么。反正至今没碰到。但每每走进那栋宅子，出来的时候，我都差点要发疯。这都是因为那些门——除非锁上，它们才能好生生地关着。你把它们锁上的时候，门背后常常传来一阵阵响动；这响动就像在告诉你，你把谁锁在了里面。可你要是不上锁，它们又自动打开一半，以至于你一眼望不到下一个房间，就好像有谁站在门后故意撑着门似的。窗户也是一样开不到底，你得使出大的力气，慢慢地推开。懂得其中窍门的唯有基德。宅子第一任主人一定格外以锁门、开门为乐，沉迷于钥匙转动到恰好打开锁时的那种感觉和声音。因此，这栋宅子对他来说，抵得上一辈子的鱼水之欢。

在基德眼中，这也是一栋漂亮的宅子，房屋宽敞，再说买房花钱不多。总之，待在过于中规中矩的地方，他反而觉得浑身不自在。因此他不可能听不见声音。人家听不见这些声音，但它们并不是只存在基德的脑子里，你知道吗，世上有一些无形的歌声，它们像一支接一支的歌，连续不停。基德模仿了它们的旋律，为他的歌谱曲子。至于歌词，基德直接拿来了我们村的童谣，这种歌早已无人关注，因为它们倡导循规蹈矩地生活，旨在让你成为人生的输家，内容多是些为人须诚实、做事须尽心尽力的说教。哪怕你只有一份微不足道的工作，你也应该好好干，好好干，好好干……

结果基德写的这些歌却深受我们家乡以外的人的喜爱。基德成了网络上的大红人，接着又上了杂志，之后红透了半边天。这是一件可喜的事。他母亲至今还常对我说："你难道不觉得人们对我们家基大老玛的反应有些过火了吗？他不过是瞧了她们一眼，那些姑娘至于又是尖叫又是晕倒吗？他不过是贝赞[①]的一个普通小伙子罢了。"

知道吗，那恰恰是真正的呼声啊。

你要是知道我和基德出自同一个小村子，你恐怕要说："啊，对呀，所以说，这家伙才相信他从没听过的声音啊。"但生在不知究竟算不算乡下的一个小村子，相信你见过许多比萨满教巫师还要讨厌、古怪的人（基德便是

① 贝赞（Bezin）是海地共和国尼普斯省的地名。——编者注

一例，或者说他开始靠嗓子赚钱之前属于这种人）。这里每天都有消息让你无比惊讶，比如，只有穷人家要交的新税种；县警察局又打掉了一名潜伏的黑帮成员；一名警察曾在黑帮当卧底；附近一座小镇开了一家土耳其餐厅，餐厅不提供饭菜，却供应品种多达几十页菜单的矿泉水，时装模特来餐厅悠闲地享受的时候，我们常常跟他们的保镖踢足球。还是说说我们此地的事儿吧，我们学校一个起了个大众名字的男孩打定主意，要干趴下我们这里的每一名同名的男孩，独享那个尊名——你想不到吧？我就在他打算单挑的人之列，我已经被他盯上了，因为我幼年丧父。我们生在一个荒唐的地方，丧父成了男孩子被人家霸凌欺压的理由，要是他胆敢反抗，立刻被胖揍一顿……即使再荒唐，也不是我和基德的错。我们能有什么办法？

基德原本是一个蠢头蠢脑的小男孩，突然出落得五官端正，一夜之间成了一名帅哥。那可不是一件好事，所以他也被盯上了。但基德有头脑，有见识，于是他四处活动，帮助和我同名的男孩子。他说，如果我们单打独斗，被这个小问题难倒，那个男孩能轻易打败我们。但如果我们联手对付他，谁都用不着改名。其他人唯恐他口是心非（这是明智之举，因为谁都会口是心非），认为还不如各自碰碰运气。

但我是相信基德的。郑重其事地互致了两遍誓词后，我们为对方套上了铜指虎[1]，接着，我走向那位不愿别人跟自己同名的男孩，二话没说，一掌打翻了他捧在手里的一罐巧克力布丁。他大吃一惊，愣在那里，指着我。他的几个朋友像一群愤怒的瞪羚扑过来。我甚至没看看基大老玛有没有为我断后，但我相信他，他也确实做到了。那真是一个好日子，一个天遂人愿的日子。最后，那小子终究自己改了名字。好像自此以后，那儿成了我和基德的天下。他运气够好，长了我一岁；等他从学校毕业，我在学校里就好像是整个精神病院里唯一清醒的人。每天都有越来越多的破事儿，但基德在校门口等着我，他有一肚子的好消息要告诉我。

所以基大老玛回去服兵役，真是太出人意料了。只有持护照的人才有这项义务，我原以为他和我一样放弃了护照。

"没，我从没跟你这样说过。"基德说。

"话又说回来了，你干吗要留着？你没见他们在上面写的屁话吗？你放弃原则，是个废物云云。怎么，你现在想转变人家的观念？为什么独独是这些观念？我还以为我们——"

"对，我明白你的意思。"基德说完，一边哈哈大笑，

① 套在四指关节上的铜套，握拳时铜套向外，做打人的武器。——译者注

一边揉着我的头发。他的头发都不见了——他刚从理发店回来。光头让他显得年轻了许多，龅牙也更突出了。他就像一条流浪的恶犬；如果你把他领回家，他不把你家搅个底朝天才怪。“现在到了我尽一份与个人无关的责任的时候了，”他说，“责任重大。人家跟我一样吗？我是不是跟他们一样？我跟他们是一路人吗？都不搭界。我要将每一天的全部精力投入一件头等大事中去，那就是守卫边境。”

我的好友还对我说，两年不过弹指一挥间。同时，他希望他的“锁之宅”可以成为我栖身的一片港湾。要不是鲍狄卡始终眨着眼睛、恶狠狠地瞧着我，这真像是一篇出色的演讲。小子，你听着……你只要忘了喂我哪怕一次，哪怕一次，你都死定了。我嘀咕了一句：“我工作上的事很多，忙得很，但我会想办法。”

我没跟基德提他说的事什么时候才能实现。当然，那是为了他好，好让他保持谦虚。比方说，仅仅是过去的两个星期里，我就往“锁之宅”跑了七趟。四趟是为了去喂鲍狄卡，顺着它的鱼缸从头走到尾——第一次它和我比赛，一直跑到最顶头的一角；余下的几次，它连理都懒得理我。其余几趟，大概是为了寻求一份清静吧。就好像基德，自从他走后，我看到或听说的消息无非是他抵达军营的几张模糊的照片——都是被粉丝拍到，放在网上的。他既没打电话来，也没回我的电子邮件，于是我漫步在他最喜欢的客房，经过一扇扇窗户，从各种角度欣赏他的喷泉。一位白镴姑娘站在齐膝的水里，双手捧起水流，又将水泼走。她闭着眼睛，一副无忧无虑的模样。我站在房间里观察她，窗帘一动不动地垂着，我急促的呼吸一时间让我误以为这间屋子里没有空气。我唯独锁上了前门，所以穿过宅子的时候，身后的门都半开着。虽说还是令人毛骨悚然，但也叫人放心。幸好这栋宅子空无一人，决不会从两扇门之间闪出一个人来，这段距离是我不假思索地跨过一道道门槛的安全通道。

说到工作，我替托马西娜姑姑打理她公司旗下的一家诊所。借用营销材料上的一句话说，这是一家“瑞士风格时尚减肥诊所”。这大体上等于说，顾客过来进行为期三天的由药物引导的深度睡眠，这期间，他们靠打点滴补充维生素。这是当初我出门在外、没有基德可以依靠的日子欣然接受的一份差事。但并不像我以为的那样平静——睡美人们多半不安分。许多人不是说梦话，就是期期艾艾地哭诉，就是没一个人老老实实地入睡。明面上，治疗效果显著：顾客们在过去的七十二小时内的确能减掉些体重，衣服的尺码都能变小一号。托马西娜姑姑用在别人身上前亲自体验过——她年轻时候经历过一件大事，但她从未透露过一点口风。她当时服用了自认为一剂致命的缬草根，然后上床等死。谁知三天后一觉醒来，身材竟然变得窈窕可人。“这种减肥法绝对大受欢迎。”她心想。她想得没错，大多数日子，候诊室里挤满了对药物治疗跃跃欲试的客户。当然，这种体重的骤减维持不了多久，这也是诊所的一大营销模式。我们每个月都要给顾客寄圣诞或生日贺卡：他们是这个大家庭的一分子。

我们聘请了医生，以防我们收治的客户因为治疗而染上严重的并发症，所以我主要负责监督、回复客户的投诉和不切实际的希望，一连几天地扮演同情者的角色。托马西娜姑姑说我是精神变态，还说我幸好趁年纪还小来到了一个健康的环境。我经常值夜班，因为我们不能把人往房间里一锁了之，而且我擅长对付梦游者。上个星期我们就遇到了两个。一个家伙起床拔了身上的输液管，说自己不习惯夏天睡在室内。他的家乡是一个地震频发的地区，他们一家人灵机一动，想到了睡在附近的地里，免得房子倒塌时砸到他们。另一个当班的夜班工作人员好说歹说，保证他没事，才把他哄上了床。但轮到我，我不过压着嗓子说了一句：“你中断了疗程，朋友。你还想不想叫她后悔啊？”梦游的他连忙沿着走廊跑了回去，事后还得拦着他给自己重新接上维生素机。他在调查问卷里的“目标”一栏写的是：变得性感帅气，要叫她后悔。

另一个梦游者不过是饿急了。这种人可不好哄。这个起床找食物的客户决心要大幅增加药物的剂量。有两小时，她的饥饿似乎强过药效。我耐着性子进行了第三次干预，待在监控室观看监控：望着她嚷着“薯条……薯条……”睡去的过程着实有趣，但她最后总算恢复了平静，安分地睡了。治疗结束，她非常满意这一效果，但也会像其他人一样表现出迷茫，她若有所思，仿佛在自问：这值得吗？她恐怕不会再回来了。

梦游者常常让我的搭档堤喀[①]手足无措。我估计，她的慌乱反而有助于被他们接受。客户们可以看出她关心他们，不像我，把他们管得太严。我认为基德应该认识一下堤喀。她只是诊所的一名兼职员工；她的名片显示，业余时间她在做一种奇怪的工作——乞灵。她说她学来这门手艺，纯属歪打正着。她能说出托马西娜姑姑发现这种减肥法的来龙去脉。堤喀的美飘忽不定，令人回味；这种美来了又去，去了又来。她手腕上还有一组时隐时现的由四颗星组成的星座。它出现的时候会呈现出各色各样的图案，从形如星星点点到状似全身刺青。我跟她提起过这事，但她往往一笑置之：“你别老盯着我看呀！你的男朋友一切

① 堤喀（Tyche）也是古希腊的命运女神，以及繁荣富庶和幸运的保护神。——译者注

都好吧？”给她做媒的时候，我尽我所能观察她的一举一动，比我自己挑爱人都仔细。

再说她的内在美，也同样无人能及。她戴了一枚结婚戒指，于是我说着说着，就说到了她的配偶，但她却举起手，说：“哦，你说这个？我捡来的。”过了一会儿，她又对我说了它的来历。不久前，她交往过一个男人，但他决计不肯公开他们的关系，到了只要有第三个人在场，他们就互不相认的地步。她的超能力使她挑了心另有所属的伴侣，她甚至怀疑能不能找到如意郎君。她也想过，这段关系会慢慢变得更好，可惜仍是老样子。她仍恪守对秘密男友的诺言，但她的身体却不答应，千方百计地让她摆脱这段恋情。她病了。一头秀发开始脱落，皮肤起了鳞斑，无时无刻不怕冷，每天靠默念口号给自己打气才能入睡。

有一天晚上，在她家那条街尽头的一家酒吧，她在自己的啤酒杯底捡了一枚戒指。戒指比看起来沉，她都没回忆清楚在哪儿见过，就一眼认了出来。由于酒吧里没人说得清这枚戒指的来历，于是她把它送到了警察局。谁知当月月底，她又去领了回来：无人认领，戒指理所当然归了她。戴上它，她觉得仿佛有了一位爱人。这枚戒指就是给她的……她对芸芸众生的爱。于是她一直戴着它。说到这位爱人，除了这枚戒指，一无照片，二无亲笔的声明，三无信物。如果唯有这样才能让她招来的东西来到她身边，那也足矣；她也就心满意足了。戴戒指的那只手变得越来越光滑，从而弥补了她的损失。

“有些修女不是经常戴戒指吗？”我问她。

她点了点头，说有件事她思索了很多。

我得把她介绍给基德，省得修女们把他拉下水。

基德的语气要霸道得多：他们不会由着他玩玩然后一走了之。堤喀兴许有办法对付他们。

不过，我凭什么要解决基德的终身大事？兴许是我欠了他太多的人情，想不出别的办法补偿吧。兴许是自从我组建了自己的小家庭，我成了福音派信徒。家里的景象日新月异。我的男朋友和他前妻共同监护两个女儿，他前妻的日程安排一天一变，所以两个姑娘可能在家，也可能不在家。

姐姐达杨十六岁，妹妹阿以莎比她小一岁半。黛[①]勤奋好学，跟她父亲一个样，爱杞人忧天——她书包里始终带着一整套急救装备。黛经常责怪我每次见到她的男朋友，都叫他不同的名字。我辩解说，那小伙子每次过来都看起来不一样。但黛担心他会认为她脚踩几只船，那可就惨了，因为千面男友的确是同一个人。我问她，怎么能分得清他

① 黛（Day）是达杨（Dayang）的昵称。——译者注

就是那个人。她反问道，我怎么就知道她爸就是我的爱人。天哪，有些事情不是明摆着的嘛。

黛非常优秀，但阿以莎却是我的宝贝儿和捣蛋鬼。她父亲一天至少问她一遍“你这是干吗？”除了日常的恶作剧（如在诺奥的鞋里种毒蘑菇啊，用家里的杯子酿什么不明酒饮等），她会摆着“尾巴”，一边唱，一边招摇过市（她用缝纫机做了一套尾巴接在她的裙子上：狐狸尾巴、恶龙尾巴、虎尾巴，还有孔雀尾巴。每逢重要场合，她会一股脑儿地都戴上）。马提亚斯·菲斯特出了一张新唱片，阿以莎为此和五位闺密举办了一场收听会，这几位闺密也都戴齐了她们的尾巴……

这都是从前的好日子，那时候，阿以莎对马提亚斯·菲斯特的喜爱还属于直白的偶像崇拜。她卧室的墙上贴满了他的海报。有时候，她会气他不该生得那么标致，跑过去照着他海报上的脸一顿猛揍，接着又小声、拼命地道歉，在他脸上盖上无数个吻。她经常要诺奥或我买这买那，因为她看过一则访谈，菲斯特在访谈中提到他喜欢女人身上这样或那样的香味或颜色。阿以莎在网上的那些用户名也离不开自己的偶像，无非是“马提亚斯·菲斯特是爱情”或者“马提亚斯·菲斯特是人生”。

基德和菲斯特见过几次面，事后他说绝不会让女儿靠近“那个白痴”，但他第一次说这话的时候，我并没把这当回事儿。首先，阿以莎否认迷恋这位邻家大哥哥般的流行歌星，是因为自尊心作祟。另外还有几个虽小但不可忽略的因素：菲斯特比基德小十岁；众所周知，菲斯特的（最成功的）那些歌，都是他亲自作曲、编曲和作词，不用枪手……所以他才不招基德喜欢。照片中的菲斯特始终穿一件深灰色的翻领衫，他最近准备迎娶一名莫斯科大剧院芭蕾舞团的独舞演员，几乎不去夜店，据说他喜爱文艺影片，偶尔参加一次晚宴，平时与他的猫克莱因扎克为伴。马提亚斯·菲斯特的胡子刮得干干净净，天生一副好嗓子，令人不禁联想到缠绵后的耳语。就算他唱"一闪一闪亮晶晶"都常常令人叫绝。

我回家看到"因爱生恨"场景的时候，基德已经走了差不多一个月了。诺奥在照着菜谱做晚餐，哪怕对菜谱已经熟悉得跟自己写的一样，他也不敢大意。一个魅力外露的男人，不慌不忙地享受每一步……尤其是你打了他的岔，足以让他将全部注意力转向你的时候。这顿晚餐吃到很晚，我才想起两个孩子。真不是一个合格的继父。

"呃……孩子们吃了吗？"

诺奥摇了摇头。"她们说过会儿再吃。"

"嗯，为什么？"

"不清楚，估计是伤心吧。"

“啊，这么说，千面王子不是一个人啦？”

“不，不是黛的事——她舍不得让阿以莎一个人忍受煎熬而已。”

姐妹俩依偎在阿以莎的床上，两人中间放了一台笔记本电脑。我进屋的时候，她们连忙合上笔记本电脑，让我四下打量着空空如也的墙，不知道出了什么事。两个姑娘红着眼睛，极力地掩饰着内心的不安。我出门的时候，分明听见黛说：“你不能再看了。”阿以莎答道：“我知道，可就是忍不住。”她接着又说，“这不是真的吧，黛？这很可能不是真的。”黛说：“哦，阿以莎。”

我和诺奥下楼看了这段视频。这段视频名为“关于马提亚斯·菲斯特的问题”。诺奥也看不下去，不住地按暂停。他那种胆小怕事的步调一向是我们俩争执的根源，但唯独这一次我赞成他。视频中首先出现一名女性，穿着内衣坐在地上，展示她遍布伤痕的身体。许多痕迹是针眼，但多半是拳脚留下的瘀青，我真不想要黛和阿以莎看见这些。我生怕摄像机最后摇到那女人的脸，见到它娇容无损，即使美丽中带着几分愁苦。我不知做何感想。她素颜、清秀、一头灰褐色的头发，年纪在二十五岁到四十五岁之间，是在对岸欧洲大陆那种三流酒吧做女招待，掰开客人搁在她屁股上的手，连看都不回头看一眼是谁的姑娘。这种人我见多了，看她们不假思索、无所谓的样子，好像在赶一群蚊子。

那个女人套上一件T恤，对着镜头望了一会儿才开口。你从她的眼睛不难看出，她不知因为什么事而神志不清，如果你问她，她恐怕都说不出自己的名字。她的英语远说不上流利，但由于她神情亢奋，不用操心发音，想说什么就说什么，其余的留给观众去猜。她想告诉我们，“演员”马提亚斯·菲斯特在格林尼治演出了一场座无虚席的音乐会后几小时，在街头看上了她。她陪他度过了当晚余下的时光，发现他压根儿不那么有趣。“请详细介绍一下你自己。”拿摄像机的女人说——她竭力装得温柔些，但语气中充满了愤怒。镜头中的女人依言答道，她站街这么久，并非经常碰到那么好的运气，她勾搭的男人常常只要看一眼她的手背，就知道她在这条路上走了多久，但马提亚斯·菲斯特却不在乎。他跟勾了他魂的小妖精女友吵了一架，竭力控制自己才没出手打她。对一个有一帮家人和朋友宠爱的首席芭蕾舞女演员动拳头，无异于犯下滔天大罪，惹祸上身。于是他打算出门找一个没人关心的人。“他找到了……我……”屏幕上的女人哧哧地笑着说。诺奥又按了暂停，出了卧室，上楼去敲阿以莎卧室的门：“出来吃饭吧。”阿以莎和黛答应道：“这就下来。”

又过了几小时，她们还没下楼。其间我看完了余下的视频。整段视频不过三分钟三十秒，但我们坚持从阿以莎和黛的视角看这件事。这个女人说，他们做过爱后，菲斯特侮辱了她，所以她扇了他一耳光。他挨完这记耳光，当即笑了（她抬手扯着嘴角，向观众展示他笑的模样），说这可是她“挑起的”，接着对她拳脚相加。她还了手，她说，即使被他踩在脚下，她也要还手，但每次还手，都被他加倍地奉还。她说她不会忍气吞声，把这件事闷在心里，接着他以一种傲慢的态度，用他的财富、名望吓唬她。马提亚斯·菲斯特耸着肩问，她是不是以为有谁会在乎她这种人挨打的事，一个说着一口烂到家的英语、无名无姓的瘾君子。他说，*你瞧瞧你，再瞧瞧我*。他扔给她一把钱，叫她最好闭嘴，把钱花了或者存起来。之后他回去找他的女朋友。他们想必言归于好了，因为这女人见过他们在一家餐馆爱意浓浓地吃晚餐的照片，他们有意无意地透露出他们的结婚计划。“我在谷歌上搜过他。”镜头中的女人似乎为她煞费的一番苦心自鸣得意。接着，她提了一个关于马提亚斯·菲斯特的问题：“会有人在乎他伤害了我吗，我这种人？”她不过是想弄明白。视频最后，她笑着挥了挥手。“谢谢大家。祝大家幸福。”

阿以莎捧着笔记本电脑走了进来。黛跟在她身后，手无助地举起又放下。“这不过是段视频罢了，还得看评论呢。”一眼瞧见我们，她说。

诺奥插不进话，阿以莎和我大声地念了几条。网上有许多这样的评论：笑脸（表情），冷静的辩解，瘾君子，兴许这不过是一场梦？另外还有，吃瓜群众人言可畏，分分钟就能毁了一个好人的名声，挺住，马提亚斯！

这还不是最坏的。阿以莎苦着脸念道：哦，大哭（表情）。这究竟控诉的是什么？他给了她钱，不是吗？她打了他，不是吗？这都是她亲口承认的。她是不是以为打了人就能拍拍屁股走人？我看到这样一条：她就偷着乐吧。在她的家乡，男人对年老色衰的妓女说不定还要更狠些。还有这样的，她竟然上了马提亚斯！马提亚斯·菲斯特什么时候来胖揍我一顿啊，宝贝，大笑（表情）。

接着有人站出来辩解：就算这是真的，这是全部经过吗？大家知道，马提亚斯不会那样大打出手，所以我们要问她究竟干了什么……

黛给我们看了她保存的一张截屏图片。她在自己提交的一份评论中说：喂，你们当真吗？我被这件事和见到的所有回复吓坏了，当真吓坏了……这不是我要生活的世界。她收到了无数条回复（声讨），要她自裁谢罪，无奈之下，她只好决定注销自己的账户。

“我还是认为这不是真的，”阿以莎说，“他做不出这种事。”诺奥换上一副律师的口吻，指出这段视频上传了有半天时间，浏览量高达五十万，如果内容纯属无中生有，马提亚斯·菲斯特的律师团早就忙不迭地站出来了。阿以莎咬牙切齿地说："但他什么也没说。"

"说不定他明天一早会发一则声明。"诺奥说。我们跟黛和阿以莎生活中的男人们一样失败，没有尽到自己应尽的责任。这从黛和阿以莎看我们的眼神中就清清楚楚，确切地说她们瞧都没瞧我们一眼。

第二天早上没见着菲斯特的声明，诺奥说话的时候，似乎松了一口气："看样子她没拿出证据，他也懒得理会或否认。"到了下午，传言有人亲眼见到打人的一幕，大约一小时后，菲斯特的律师团宣布，他主动提出随时可以接受警察的询问。

我在诊所无法集中精神，必须要把刚才弄乱的结账单捋顺，以防快出院的客户看到别人的账单详情，觉得不过尔尔，于心不甘。我于是和堤喀·萧又轮到了同一班，我们有职责提供全面的辅助睡眠疗法，才不至于吃官司。但和阿以莎一样，堤喀痴迷于 YouTube（视频网站）上的小视频。休息的时候，她在手机上翻来覆去地看，直到把电量用光。

"我看了那段视频，心里很不是滋味。"我告诉她。

“真的吗？”她问，“这不过是一个人说她这次挨了人家打罢了。又没动刀动枪或者见血什么的。这跟网站上的其他东西比不算什么。”

“我不知道怎么说是好。我说不清。”

“对了，我希望她能看到浏览量，把它当作人家究竟在不在乎她这个问题的答案。这个数字还在不断地增加，就像在给这个‘最佳暴力分子’打分一样，他的‘成绩’节节攀升。所以说，我们不是无动于衷……我们关心……真的非常、非常、非常关心……”

我们正要下班的时候，马提亚斯·菲斯特的未婚妻发表了一篇声明：听说了“视频中描述的事件”，她感到震惊和不安，她要探望受害者，希望提供力所能及的帮助。她从未见过马提亚斯性格中暴虐的一面，但现在不可否认，他一直在抗争着某种疾病，还说在他做完一个疗程的愤怒管理治疗之前，他们将分开一段时间。

“菲斯特不用服刑……仅仅是罚款和接受一段时间治疗就能了事。”堤喀一边说，一边欣赏着这位首席芭蕾舞女演员的照片。她仿佛一个翩翩起舞的小精灵。

“不，我不敢苟同。”我说。

堤喀伸出手：“赌一百英镑。”

“对你来说，这兴许只是一个笑话，但就我所知，有一个姑娘却因此深受打击。”

堤喀叹了口气："这姑娘是他的粉丝吗？"

"她还在竭力不抛弃自己的偶像，我想。仍想迷恋每一种潜在的幻想对象。"

堤喀深深地叹了口气："如果需要我帮忙干预，你尽管告诉我。"

"好的，谢谢……"我原打算问问堤喀，对一个她素未谋面的姑娘，她有什么办法。我纯属出于好奇，并非出于敌意。但我不得不匆匆赶去"锁之宅"，维修鲍狄卡鱼缸的特里正等着我为他开门。特里走后，我又待了几小时，大声地为鲍狄卡朗读马提亚斯·菲斯特的最新消息。鲍狄卡奇怪地望着我。这么一个女人，挨了打还不愿继续追究。她先抽了菲斯特（出于对菲斯特某些话语的过激反应），而他的回击要过分得多。但最后她只要他承认这件事，外加一个真诚的道歉。因此，马提亚斯·菲斯特正着手准备一个真诚的道歉。

她看过评论了吗？这恰恰是我纳闷的。视频中的女人了解公众并没有倒向她一边吗？她提出要求的时候满面春风，口无遮拦；马提亚斯·菲斯特的粉丝好像已经对她展开人肉搜索，说不定已经在打算灭了她。连那些开始谴责菲斯特的人都认为他应该向另外一个人道歉（真替他的未婚妻感到遗憾）。口口声声说关注受害者的人，也不赞成她在情绪激动的状态下在镜头前的陈述。话说回来，她也不可能冷静地谈论这件事。

诺奥发来短信，说他考虑在菲斯特一事平息前，暂时收走阿以莎的笔记本电脑。她似乎跟朋友们彻夜打视频电话，进行不着边际的争论。她诋毁菲斯特的名声，接着又为他辩解，然后接着诋毁。她斥责弃偶像而去的朋友背信弃义，接着又骂不离不弃的粉丝糊涂至极，还扬言要戴上一张绘着菲斯特头像的面具，胖揍他们一顿，给他们点颜色瞧瞧。可现在阿以莎发烧了，又没吃晚餐，最后他问我什么时候回去。

事情的关键在于两点：我不愿离开基德的家，也怕进自己的家门。我说我在健身。基德家的确有一个健身房。他常年外出工作，万一他又变丑了，至少还能有个好身体。但我说不清自己为什么要编瞎话。

阿以莎会挺过这一关的。但她的尾巴、种植项目和她在完善的烈性杜松子酒可就彻底扔到了一边。“那种杜松子酒能让我们富可敌 1920 年全国的私酒贩子。”我说，想看看这句话能不能打起她的精神。她爱财。她现在爱财，似乎是为了买马提亚斯·菲斯特的周边产品。最叫诺奥发愁的，是他、我和马提亚斯·菲斯特这三座阿以莎心目中的偶像同时倒塌。姑娘们看似同情我们的懦弱，诺奥关于审判程序和媒体报道的唐突论调，以及我尴尬、窘迫的沉默。难道说，姑娘们已经认清我们的怂蛋本质了？我倒是真的从没逞过英雄。

“你究竟在操心什么，诺奥？”

他胡乱地将文件塞进公文包，重新摆好钢笔，紧了紧领带，说：“就是……我怕是失去她们了。就好像那样，一夜之间。她们的母亲说跟她们相处得很好……”

我为他松了松领带，就松了一点点，看起来还是那么干净利落，所以他也不好发牢骚。

“不。我甚至不如你了解她们，我猜不透她们的心思。”诺奥寥寥几句就总结了她们的情感依恋，这表明他和前妻一直是一对优秀的父母，只不过他们不知道罢了；黛和阿以莎都欣赏他人的优点，但优点并不是她们尊敬一个人的决定性因素。

最近几个月，马提亚斯·菲斯特那边风平浪静。我一直密切关注这一事态，发现想方设法采访菲斯特的记者搞来的录音剪辑基本如出一辙。他在接受愤怒管理治疗，还在准备他的道歉。这段录音报道跟视频里女人放出的话有一拼：拭目以待！

大约在那个时候，我和基德又有了联系——并不频繁，但也足够了。我时常进出“锁之宅”，只要电话铃一响，来电话的准是基德。他说的无非是他的近况，没完没了的训练、杂务，累得连话都没说完就睡着了。跟他说说话真好，倒不在于说话的人是他，而在于他不晓得那件把我们家闹得鸡犬不宁的事。我简单地对他介绍了一遍情况，他说："哦，你知道菲斯特准备的道歉会是一首歌，对吗？这首歌将成为一首忏悔的经典。没准儿叫什么《针做的裙子》。"

"说得好，我明天就去买彩票。"

我和他打电话的时候，还想聊另一件事。当我接了他的电话的时候，他用了半秒钟调整问候的话，听着好像接电话的人是我，才让他很失望——好吧，失望是一个过于强烈的字眼——好像我不是他最想见的人似的。这样也好，只可惜我是除他之外有他家钥匙的唯一一个人。他妈妈想要一把，说了多少年都没拿到手。

"呃，怎么了？你在跟谁恋爱吗？"

"说不好，"他说，"我想……是吧。"

"这人有你家的钥匙？"

在我又连问了几个问题后，他终于坦白，他没给过别人钥匙，也从未当面见过这个女人。但他可以肯定，她手上有钥匙，因为她经常接他打来的电话。他说这番话的时候，我调整了我的姿势，以便我能看见每一扇敞开的门，我说："那还不好，基德。我真为你高兴。"

“你别反应过度呀，”他说，“她有一副好嗓子，仅此而已，跟那些会唱歌的人一样，可惜她只说不唱。”

“你没问过她怎么进来的？”

“当然问过。”

“那她怎么说的？”

“她鼓励我换一个更好的问题。”

我瞪了一眼鲍狄卡。难怪它最近胖了。“没准儿她还替你喂了鱼。”

“哈哈，没准儿是。不过，我跟你聊了这些，你能不能帮我个忙？我估计她不想被人撞见，所以如果你进门的时候，恰好看见她在附近，你立刻离开，行吗？”

“行，基德。没问题。”

两个贝赞小伙子人生中的一天又不知不觉地过去了。出门前，我又检查了基德这里的每一个房间。他家的警报系统一切正常，他的宝贝也都好好的，没人动过。暂时如此。

基德的电话女友为我赢得了阿以莎几周来第一个明朗的笑脸。“你们这帮傻男生。”她亲昵地说。她的手机一连收到了好几条短信，脸上的笑顿时消失得跟从未出现过似的。

“打起精神来，”诺奥在隔壁嚷道，“马提亚斯·菲斯特道歉了。”

黛还没洗好她的泡泡浴。只听她喊道：“哎呀，又不是向我道歉，谢谢！”于是阿以莎操起一把泡沫压力球，跳到诺奥的腿上，说：“开始。”我们看到马提亚斯·菲斯特唱着一首歌，歌中唱到一个姑娘穿着一件针做的裙子来到人世，想脱掉它就必须伤害自己。好心人想尽办法替她拔针，为她换一件柔软暖和的衣服穿，可惜针一再扎伤他们的手指，他们只好作罢。后来姑娘遇到了一个坏人，他把针往她身体上砸得更深。他不是用锤子，而是拿他的双手，为的是寻求害人害己的那份刺激。万幸，万幸，坏人还没来得及杀了她，自己却流血而死，原来他的骨头是有磁性的？我怕是理会错了这段歌词的意思，但不论他的骨头有什么异常，反正他将针吸到了自己身上，最后死得非常惨。

“这首歌的独到之处在于它一开始说的全是她，结果最后说的却全是他自己。”诺奥说，我们刷新了页面，只见视频下的评论框里满是胖胖的红爱心。

马提亚斯懂了

这是我今天的切身感受

谢谢你，马提亚斯

我们可以一致认为，他原本就不可能做出这种事，但

现在他做了该做的事

我们原谅你

我只能说一句："精彩！"

怎么就从"菲斯特应该向挨他打的女人道歉"，变成了"菲斯特应该向他的未婚妻道歉"，又成了"菲斯特应该向我们道歉"呢？

阿以莎取出叼在嘴里的压力球，说："这莫非是一项概念艺术？跟马提亚斯最喜欢的一部影片中说的一样。那个视频里的女人莫不是一位艺术家，她构思出一个概念，借媒体向我们展示名声以及它……魔幻的魅力？那么，如果这个魔力是他打在她身上的拳头呢？她现在出名了。她莫非是要我们思考：人为了出名，可以不择手段，比如，靠一项过人的本领，或者当众施展苦肉计？莫非我们看到的是场表演？如果她和马提亚斯事先讲好，他为了这个概念毒打她一顿，又会是怎么一种情况呢？不论你是谁，这不过是严酷的现实。如果说你有权挑选揍你的人，是不是好一些？你们知道，我觉得要由我来挑，我说不定也会挑他。"

阿以莎的情况还好，此前诺奥不许我反驳哪怕她的一项推测，直到他自己终于忍不住说："啊，亲爱的，来吧。"接着，她把头埋在爸爸的工作服里，号啕大哭。究竟是伤心、愤慨、开心，还是仅仅出于她猜不透马提亚斯・菲斯特先生？我们谁也说不清。

马提亚斯·菲斯特多方运作，为自己恢复名誉。愤怒管理疗程结束后，他又主动追加了一个疗程；他的未婚妻不声不响地搬了回去；他开始从事各种慈善工作。慈善工作是我的最后一根救命稻草。在我解释我在另一个人身心彻底崩溃中起的（或没起的）作用前，我得赶紧先自我表扬一下。对，这只能是我自己。这世上隔三岔五地发生一些令人伤心的事，但谁也理解不了我对阿以莎伤心悲痛过程中表现的耐心。阿以莎自己急于对“菲斯特事件”摆出无动于衷的姿态，但你却急不得。对视频里的女人坦率、不失分寸地接受马提亚斯·菲斯特的道歉，阿以莎自有一番见解，这见解绝非空穴来风，措辞中肯，一针见血。所以我耐着性子听她发泄。我比上帝还要耐心！

我给马提亚斯·菲斯特慈善基金捐款这事，是从收到的一封电子邮件中得知的。邮件感谢我出价一万英镑参与竞价，成功中标！同时希望我女儿去欣赏马提亚斯·菲斯特为她特地举办的一场非公开音乐会。我辛辛苦苦攒下的一万英镑，竟然捐给了马提亚斯·菲斯特。哦，我看到了二者之间的红箭头。一万英镑飞向了马提亚斯·菲斯特。这之后发生了一段小插曲，我正在墙边来回踱步，拍着手，说不出话来，堤喀走进我的办公室，瞥了一眼我的电脑屏幕，朝我脸上泼了一杯水，然后出去了。这至少让我坐了回去。五分钟后，阿以莎在学校计算机房里给我打来了视频电话，我接了起来，将脸正对着摄像头，吼着她的名字，最后她只好打了如下一段文字：

哦，天哪，请消消气
你得消消气
我在把凭条兑现
我说我在兑现凭条！

“什么凭条？”我对着摄像头问。

阿以莎举起一根手指，伸进她的书包，掏出了她上一次生日我送她的一张凭条，在一本六页小册子的最后一页上。凭条上有我手写的一句话：这张凭条给你一次据理力争的机会，不用担心有人冲你发脾气。

“啊——”我捶着胸口，拼命地想在那儿开一个洞，“行，行，我兑现。”

“我刷了你应急用的借记卡，”阿以莎说，“你又不是不知道，爸爸一直想弄明白我为什么这样，我只能说我很遗憾。但只要看着他的眼睛，大概——不，是肯定，我敢肯定这要一大笔钱。我真想不到这次竞标能成功。我没想到你卡上有那么多钱！不过请放心，我会还你的。我打算找一份工作，我打算做点东西卖出去。”

“那敢情好，”我说，“行。”我的心跳又恢复了正常。阿以莎一向认为我不是那种人——去自讨没趣，把捐给一项济世助人事业的一万英镑讨回去。但我偏偏就是那种人，所以我这么做没什么不好。

诺奥的前妻过来喝咖啡，提到为阿以莎寻求心理援助，尤其是黛发现阿以莎从网上买了一升硫酸，是浓度 96% 的纯硫酸。我们三个人捧着咖啡杯默默对坐，想象阿以莎和菲斯特独处在一座挂满花环的凉亭，菲斯特纵情放歌，唱的兴许是他最近一炮走红的《针做的裙子》……随着这首歌最后一个音符渐渐散去，阿以莎拧开藏在裙子里的那瓶硫酸，泼了出去。将近一周时间，诺奥不问阿以莎一句“你是在干吗”，甚至不敢看她一眼。

我们只能听见阿以莎一阵阵苦笑，我安慰她说：“他已经得到原谅啦，阿以诗[①]。大家都原谅了他……”但我连忙打住了，因为她收起了苦笑，换上了另一副神色，那种神色让我怎么也忘不了。

基德觉得，如果阿以莎认为这是一份真挚的道歉，说不定还好办，但这事现在不会就此作罢，除非她能亲自或

① 阿以诗（Aish）是阿以莎的昵称。——译者注

目睹别人找马提亚斯·菲斯特出一口恶气。堤喀也赞成，但稍稍做了变通：只要马提亚斯·菲斯特能为自己的所作所为表示诚挚的歉意，阿以莎兴许还有救。“至少……我就是这样过来的，”堤喀说着，不停地捻着手指上的婚戒，“我是说，坏就坏在，论音乐，《针做的裙子》无可挑剔；但论道歉，这纯粹是拿人寻开心。但你清楚情况，我们至少因此听到了一首意味深长的歌，至少他因为她才写了这首好歌……”

我想了许久，或者说仿佛过了许久，才问她还有没有办法帮帮阿以莎。

“我去跟她谈谈。”堤喀说。

她们不许我听她们谈话，但我知道堤喀有备而来，她要请一位女神来。她穿了一套考究的黑色西装，带了满满一文件夹照片和图形，准备和阿以莎好好研究一番。

“仅供你参考，我们让赫卡忒[①]说了算。”堤喀说出了自己的办法。

“真的吗？赫卡忒是谁？”

“哦，你用不着为别人操心……”

“得啦，你就别跟我兜圈子啦。”

---

① 赫卡忒（Hecate）：希腊神话中司天地及冥界的女神、十字路口之神，后世认为是巫术、魔法女神。——译者注

“好吧……赫卡忒掌管由内而外或由外而内这一重要的历程。她随时帮你从一种状态进入另一种状态。这么说吧，她就是你在十字路口看见的那个人。你多少瞄着她点就行了，但别刻意记你看见的事物，除非时候太晚，你怕回不来。你掌管着三把钥匙……有人说它们能打开地狱的大门，也有人说它们能通往过去、现在和未来。还有……哎，你看我看得出神啦……”

堤喀敲了敲门，在门口摆了一个格斗的姿势。

“你想象一个画面，想象我定格在这道门以及你经过的每一道门内的模样。我有时候清清楚楚，有时候朦朦胧胧。不论我当时是什么一番模样，你尽量不去管我，”她说，“你想象你挡不住我进门，也赶不走我，因为我霸占着门槛。作为补偿，你不妨想象我生着三副面孔。这正是我们派去跟马提亚斯·菲斯特聊聊的人。”

“哦！你干吗不干脆先这样，非说刚开始那些好听的话？但是听着，等一下，堤喀，那难道还不够吗……”

她话没说完，人已经走远。

又到了夏天，基德退役回来前，我只用了一个星期，就在“锁之宅”的喷泉旁一张板凳上写下了这个。我正喂着鲍狄卡，那个生了一副好嗓子的女人来了，于是我出了门。

总之，最近几个月发生的事，我只写，不评论，再者说，我有什么资格评论？

- 堤喀和阿以莎见面后的第二天，一家全国性的报纸刊登了一则加了黑框的公告：

愿逝者安息，马提亚斯·菲斯特

生日快乐，马提亚斯·菲斯特

祝你好运！你经历了一次艰难的重生。

读者自然提出了许多疑问，因为马提亚斯·菲斯特当时还活着，活得好好的。结果不可能查出谁对这则公告负责。

- 公告刊登的第二天，马提亚斯·菲斯特给一个全国上班族通勤路上爱听的下午五点档广播节目打来电话，说他想为他此前的道歉认个错，那个道歉出于他一时发热的大脑，而非出自内心。他还请粉丝们别再谩骂受害者，因为她“经历了太多”，除了当初的交易外，她没要一分钱的赔偿。由于他泣不成声，几位节目主持人只好请他重复了好几遍悔过声明。
- 过了大约一个星期，菲斯特中断了一档综艺节目的直播，声称自己遭人“跟踪”，担心自己的人身安全，还说“她们”用针扎他，用门夹他的手。

有观众指出他毫发无损，他一脸的慌乱，说这是“在没人看得见的地方”发生的事。节目停播前，他还敷衍观众，说他对街头碰到的那个女人动手，是因为他父亲为他树的一个坏榜样，说他父亲经常当着他的面打他母亲。他的父母联合发表了一则声明予以否认，声明大意是：我们不清楚他为什么说出这种话，但这话让我们非常伤心。菲斯特的未婚妻又搬出了他的家，说是要“以事业为重”……这话真好笑，但也大快人心……要说世上有谁生来以事业为重的话，非这位首席芭蕾舞女演员莫属。至于她的前未婚夫，他的几位家人搬到了他家“去照顾他”。他的家人阻止不了他给电台栏目打电话，在早间电视节目露面，为先前的道歉认错，接着又生出新的道歉。他以“重数量不如重质量”这一反思结束了最近一次在电视上的露面，说是要下一番功夫，坦陈自己的想法。听人说，真诚道歉的关键在于认清自己的错误。他希望自己尽快做到这一点。

· 据说医护人员进驻他家，跟他的家人一块儿成天围着他，但他却从他们的眼皮底下溜走，据说失踪了六个月。

· 原来菲斯特这段时间——将近一整个极其严酷的

冬天——都在外露宿，他竟然活了下来，引来了一片惊叹。他接受了一家正派的、专注超自然现象的报刊的采访。我估计他意在借这次采访澄清他精神错乱这一流言，结果却适得其反，尤其是在他说到“她们”的时候。“她们”要他认错，接着又说他的道歉太过肤浅，缺乏诚意。他说“她们”是三个女人，但“她们”又是一个人，其中一个为他止痛，以便另外两个如数奉还，如此往复。他说要不是“她们”认为不如留他一命，要他学学怎么做、怎么说才能不让她们近身，否则在刚刚过去的那个冬天，他早该没命了。如果这个世上谁能有办法让那个女人明白他真心悔过，马提亚斯·菲斯特可以不惜一切代价去求取这个秘诀。

· 阿以莎好像再也不戴尾巴了，但她窗台上的万灵药草花仍然开得正旺。她正致力于降低一种非常适合治疗头痛的药方的催情功效。她期待马提亚斯·菲斯特即将付梓的一本书——《一个无赖的道歉》。她认为菲斯特很快就能认清自己的错误，说他应该坚持，千万别放弃。

你的血跟这个一样红吗（上）

（不一样）

IS YOUR BLOOD AS RED AS THIS?

(I)

默娜·谢苗诺娃，你总说我们俩不般配。你说这话的时候，我常常心里一沉。但我的回答从来都是：你错了。你等着瞧吧，你瞧好了。我珍藏着别的恋人非常想拥有的宝贝：我第一次见到你的那段美好回忆。我十五岁，哥哥十八，他帅气、说话干脆，是我心目中一位了不起的大英雄。我是他的跟屁虫，他走到哪儿我跟到哪儿——唉，他经常想办法甩了我，但多半不必费那么大的劲儿就能甩掉。那是我哥哥阿尔琼的天赋，从不要下太大的功夫，却一向做得恰到好处。总之，他懂得如何与人相处，把握眼神接触、若有所思凝视远方的火候或时机，懂得显示自己将人家的话当一回事儿的诀窍。但是因为乔蒂跟他分手，他才学了点为人处世的本事。那三年，乔蒂一再叮嘱他，别听不进她的话，不要谁的话都听不进去。她会说，你想没想过，有朝一日你说不定会错过非常要紧的事，阿尔琼？人家只说一遍的事？他努力集中注意力。得了，他说他在努力，可惜他还是走神了。乔蒂说话的时候，他会深情地望着她，但听不进一个字；对其他人，他干脆一声不吭，接着在留给他发言的间隙插一两句套话。谁也说不清他的心思究竟去了哪里。

有一天，乔蒂和他在街头的咖啡馆见面，准备好好谈谈。她有一事相求，如果他连考虑都不考虑，那他们只好分手。乔蒂，我洗耳恭听，他连忙说，你说，我听着。十五分钟后，她看了一眼手表，吻了一下他的脸颊，满面春风地出了咖啡馆。她急着要见一位朋友，他答应了帮乔蒂那个大忙。不料他却不清楚她求了他什么。他只听进去了四个字。

他问坐在旁边的一位妇女，有没有无意中听见他们的对话，请她说说乔蒂求了他什么，但这位上了年纪的妇女说："你说什么？我最近耳朵不太好使。"

他对面的一对夫妇矢口否认听见了只言片语，即便他跟他们说了，他和乔蒂的未来在此一举——要知道，这里是英国，不管人家闲事是文明人的一种信仰。于是他只好等着乔蒂怒气冲冲地打来电话骂他"你说话不算数！"他发誓有朝一日重新赢得她的爱，到时候要做一名真正的男子汉。我跟阿尔琼学了许多，但要学的东西还有很多。那段日子，只要有人跟我说话，我都忙不迭地附和，匆忙接过他们对我说过的话，接着尽快应付几句。这都怪发育期的关节痛，或者怪我卧室里的幽灵。

默娜，在你之前，我只能跟我哥哥和幽灵说得上话。她（幽灵）说话的前言不搭后语影响了我。再加上她早就说过，我长大成人之时，就是跟她分别之日。“我怎么知道我长大了？”她说是当我开始说我不明就里的字眼的时候。我说我早就说了，她说对呀。但我很担心，大人们却不然。（当然，我只是大致诠释了她的意思；回想她的措辞，仿佛在听一首倒放的歌。）想到你突然发现一段对话将你变成了一个大人，再也看不见确实存在的人和物，你不禁会不寒而栗。哥哥知道这个幽灵，但说她危言耸听，还说我最好出去见见世面，并且邀请我去参加他朋友蒂姆的十九岁生日聚会。我在聚会上认识了你，默娜。

“如果你愿意的话，我约你吧。”阿尔琼说。

“人家不觉得肉麻吗？”我问。

“不肉麻……甚至可以说，女人喜欢对她那帮嘴里不饶人的小姐妹们好的男人，”他说，“这给人以温柔体贴的印象。”

“我这下放心了！我可不想做你们的电灯泡。”

“你用不着担心，拉达。那是绝对不会有的事。”

有一位人人都能聊得来的哥哥是什么感觉，我深有体会，所以我带了一本书，免得阿尔琼只顾着晚会，不搭理我。谁知他却跟我寸步不离，把我介绍给了过生日的蒂姆，还叫他的朋友们见识一下我面不改色地一杯接一杯地跟他拼啤酒的样子，这一举一动都让我觉得自己不再是一个没人在意的小结巴。接着，一个家伙走了过来——怎么说呢，阿尔琼，真的——他是一个不伦不类的孩子，出乎我的意料，因为他染了一头绿发。他脸上露出一副有备而来的神色，嘴里还默默念叨准备好了的词，阿尔琼小声对我说："不知道这位想干什么。"

这孩子叫乔，是蒂姆的表弟。

"就是那个去学木偶戏的乔？"阿尔琼问。

"就是他……"

"见过，见过，"阿尔琼说，"你说什么来着？"

"姑娘们都喜欢你，对不对？"乔问。

阿尔琼垂下眼帘，耸了耸肩；如果我穿了一件有袖子的衣服，我肯定会用袖子捂起嘴来憋笑。他拿着一张二十英镑的钞票，说如果阿尔琼肯过去找那个姑娘，陪她跳舞，陪她说话，装作很开心地跟她玩两个小时，这二十英镑就归他。听明白了他的要求，我想：连阿尔琼也有词穷的时候呀。不过，哥哥以前想必也提过类似的要求，（难道少男们都这样不近人情？）因为他问："她当真那么讨厌？我今晚还没见过让我打七分以下的女孩子呢。我还在想这是一个好日子呢。"

这家伙居然脸红了："不是，她并不那么丑。只不过不……不是我的菜罢了。"

“如果她不是你的菜，那你何苦要带她过来？”阿尔琼问。

“真有胆量，”乔垂头丧气地说，“我一向不做这种事，你可以问蒂姆，请你相信，我是实在没办法。我没想到她会答应。谁知她却偏偏答应了。”

“老兄……掏钱请人陪她可不是个办法。”

“我真不知道怎么办。但她得尽兴而归。她是我们校长的女儿。她不至于把我开除还是怎么样，甚至不会告诉校长，但她终究是千金小姐呀。”

“小心为妙吧，免得你秋后算账。”我哥答应了。默娜，那时候，我已经四下打量着，看看能不能找到你（想看看你究竟丑到何等地步，要人家花钱消灾，免得非得看你或跟你说话）。这时候，乔说他一直想跟你聊聊，谁知你偏坐在那儿埋头看书，我找得更起劲儿了。

“带本书参加聚会的都是什么人呀。”阿尔琼连看都没看我一眼，面无表情地说，但他微微点了点头，我把这看作他暗示我认出了那个姑娘。

“她叫什么名字？”我问。乔告诉了我。我发现你半个身子陷在豆袋坐垫里，装模作样地看那本深奥难懂、褫夺了你操纵木偶乐趣的课本，那本你父亲推崇备至的书——布兰巴尼的《指头和拇指之间的战争》。老古板布兰巴尼。从你强忍住的泪水可以看出，他的课也许不难懂。

你脖子上绕了一圈小彩灯。我恍惚觉得，你脖子上的灯抚慰了我。我常常梦见自己在坠落，虽说无聊，但不吓人，就那样下坠，下坠，下坠到我厌倦了，接着一个绳套扯住了我，我心想，好吧，起码我不下坠了。我显然还没那么快进入你的生活。你打量了我一眼，我就是这样看见你的，看到你的第一眼，我就发现你的眼睛如同利箭，你傲气地扬着下巴，我看见了你精致的嘴唇，美得令人仿佛魂牵梦萦——你的眼睛冰冷得摄人心魄，但你的双唇又火热得令人心醉。

幸亏乔那晚六神无主，糊涂到了家。我发现跟你说话时，我能大大方方地说出一句完整话。这再好理解不过了：如果我和你说话，你说不定会吻我。我非得到你的吻不可——看到你的嘴唇却得不到你的吻，那不是要我的命吗……

至于你怎么看我，你大概看见的是一个穿着灰套裙的小孩子，傻傻地盯着你，如同找寻到了人生的意义。你立即跟我聊了起来，我仿佛是依偎在你膝头的一个孩子。你说到故事在我们的危难时刻可以发挥作用。你说你最近从布拉格[①]搭乘航班，飞机在云层中穿越了一条很长的乱流隧道。“除了坐我旁边的女孩，飞机上的人全都吓坏了，”你说，“她自顾看她的书——要不是她阅读的速度比平时

---

① 捷克共和国首都。——译者注

快了些，否则看起来就跟没事人似的。我问她：‘你难道没注意到我们快坠机了？’她却说：‘注意到了呀，所以我才想赶紧知道结局呀。’”

我缠着你跳舞，缠着你给我露几手你练的灵巧步法；我缠着你说说你的学校，以及济济一堂、一心想练就木偶戏绝活的学生。我喜欢那种感觉。你说到你最后一学期的时候，故意眯着眼睛：两名最优秀的学生获准挑选两名新生，在第一学年辅导他们。显而易见，你决心要成就另一位木偶戏演员的未来。你坚信木偶表演可以实现这一目标，你亲眼见过。那是你父亲开始传授技艺前的事，那时候他还在登台表演。你看见他提着一个杆动木偶，跪在一个姑娘脚边。这个姑娘坐的地方离其他观看表演的学生不远。她头发披在脸上，遮住了一部分惨不忍睹的伤疤；她的眼中始终露出几分敌意。她未必是憎恨你父亲、木偶或其他学生，而是憎恨做戏，这种憎恨难以消除，但仅仅对不需要它的人有利。男人和留着长胡子的木偶走下舞台，来到女孩面前，跪倒在她脚边。不用说，木偶下跪全靠你父亲一手操纵。观众一个个望着你父亲的脸，但他将信将疑的表情告诉大家，木偶突然说出了自己的愿望。“公主，我是梅林[1]，你的梅林呀，”木偶人对姑娘说，“我愿意永远

① 梅林（Merlin）：中世纪传说中的预言家、魔术师，亚瑟王的助手。——译者注

为您效劳。”

“你说我？”姑娘将信将疑地问，差点要发火，你无非是想拿我寻开心吧，“我，是位公主？你，愿意为我效劳？”

“没错。”木偶毕恭毕敬地慢慢伸出手。它屏住呼吸，尽管它无息可屏。姑娘听任它的木手亲切地抚摸着她的脸颊。望着这一幕，你敢肯定，她绝不会允许一只活生生的手贴得那样近。“这说明我们承认你啦，”木偶说，“不过，你故意不承认的话，我们也没方法。”

你父亲和木偶倒退着返回舞台，始终没转身背对着那个姑娘，这可是皇家的礼仪。姑娘的老师哭了，但姑娘却一副若有所思的样子。她接着陷入思考，直到木偶戏的第二幕结束。但到了第三幕，她开始和其他人一样鼓掌、放声大笑。我真说不清楚自己怎么会以为你讲完那则故事之时，便是我吻你的一个大好时机；这行不通，我也丝毫不觉得奇怪。

“小姐，我受宠若惊了，我，我动心了，不过……哦，你几岁啦？”你问。接着你说了我还小、太小了、不适合你之类的话。你一向自命不凡。

乔和阿尔琼拿着我们的外套走了出来，你从我外套口袋里抽出我的书：“这是什么？”

书名叫《命运》。对，我带的这本书偏巧是曾祖父写的一本小说，你看不了原文，因为曾祖父严禁人家将他的著作翻译成英语、俄语或法语。他执意认为，无论将什么作品翻译成这三种语言，原著的风格、基调都会被糟蹋得荡然无存。人人却都爱钻空子，我曾祖父著作的各种非正式译本在网上广为传播，但看来这些版本无不印证了他的观点。

“那你就跟我说个开头好啦。”你说，于是我翻开书，为你翻译了一段。你很喜欢这个开头：一名妇女打开前门，发现门口的台阶上立着一具尸体，但不等尸体倒进她的家门槛，她连忙说：“哦，你不能这样。”说着，她拿起一把笤帚，连踢带赶，将它从后门推了出去。

“别走，”见我和我哥挽着胳膊要走，你说，“请稍等，拉达，我想听听……”

“要我说，她起码八分。”我哥吃了一惊，说道。（你征得了我的同意，要叫他为以十分为满分为姑娘们打分而后悔。）我一到家，幽灵立刻明白我没救了。她说她一直在琢磨着，没准儿哪天我就碰见这么一个人。

“如果我——我也说不好，如果出了什么怪事，我跟别人上了床，就再也看不见你了吗？”

幽灵露出狡黠的神色，过了一会儿，她叹了一口气说：“不会，你摆脱不了我。”你第二天打来电话，要我把曾祖父小说的第二段翻译给你听，她由衷地为我高兴。我刚译完，你就挂了电话，但幽灵说你还会打电话过来听下文的，她说得没错。每天译完一段后，你会跟我聊几句，问问我的近况、日常生活，以及你每次打来电话时我卧室里播放的背景音乐。“很高兴你喜欢，我也不清楚这首歌叫什么，它恐怕比我们俩的年纪都大。其实，我们请了一位怀旧的 DJ（播放音乐的人）。”我会说，你常常哈哈大笑，还当我开了一个玩笑。

幽灵说我终有一天要翻译完这本书。

“那是，不过，也不一定。第二章我们才看了一半。译完这一本，作者还有十五本呢。”

幽灵问我想没想过，我这是糟蹋了曾祖父辛辛苦苦的劳动。

“哦，幽灵，跟心爱的人作对，你得过什么好处？”

“一点好处也没有。”幽灵生气地说。她从没跟心爱的人作对过，不过是说说罢了。

听你说你是最后一学年有资格挑一名新生辅导的两名优秀学生之一，幽灵表示她支持我：“这肯定很好玩。我们在一间隔音室，通过隐藏的嵌板观察他们，所以他们听不见我们的嘘声与喝彩。”

这话吓坏了我，但幽灵对着窗玻璃哈了口气，在模糊的玻璃上写下加油两个字。

“另一个学生是谁？”我问，“不会是绿头发的乔吧？”

“哈哈哈，不是他。虽说他表演的《潘趣和朱迪》[①]的确生动有趣。老爸说他将来一定会成为一位非常优秀的演员。另一位是个男生，叫古斯塔夫·格里马尔迪。我不喜欢他表演的手法，拖泥带水的。要我说，他的木偶无不流露出一种虚无主义的态度，不知你明不明白我的意思。”

“虚‘五’主义，呃……听着就不像话。”我抬起肩膀夹紧电话，一边应着，一边在网上搜索那个词是什么意思，殊不知连字都听错、打错了。

“他手中的木偶常常压根儿就不表演。他干脆让它们坐在那儿，瞧着我们。接着又让它们互相大眼瞪小眼，然后背对着我们，到了最后，好像它们掌握了对方和我们每一个人的那种把柄，你开始希望它们决心永远守住秘密。这种表演毫无乐趣可言，我想不明白，他掌握的技巧很多，为什么偏偏要采用这种方式表演？学校就不应该让他挑选新生。如果说有谁铁了心地要在我们团队推广不入流的门道，那绝对是格里马尔迪。”

“那幸好我心智健全。申请你们学校，必须要有木偶表演之类的经历吗？”我问。当时你说你父亲其实喜欢在这一方面如一张白纸的学生，我就问，十五岁学木偶戏是

① 英国木偶戏。——译者注

不是太迟了。

“不迟，只要你认真学。你说话当真？”

“我下功夫学吧。我不敢百分之百地确信我没有学木偶戏的天分。”我说。

“难怪我喜欢你。”你说。幽灵举手和我击了一掌。

“你需要一个木偶，”你接着说，“为了一个名额，竞争可激烈了，人们千方百计地想出人头地。还有人自己动手做木偶。我就用纸和别针做了一个，结果那玩意儿在表演中途散掉了，但我把这段编入了故事。”

听了我新的人生志向，爸爸和妈妈跟没事人似的。别忘了你叔叔马基，小丑马基，你扪心自问，我们家当真需要再出一个那号人吗？我爸妈够忙的了，没必要拿没影儿的事让他们操心。要紧的是先拿到录取通知书，到时候再说服他们不迟。我买了一个褐色皮肤的布袋木偶。它拿着一个黑色的小公文包，留着中分发型。精确的中分让我觉得不自在。总之它太像人了，同时它又明显不是一个人。我给它做了一顶帽子，免得我老想着它从头皮中间垂下的布片做的头发。你教了我一套基本口技，虽说你不是必须得帮我。就是在那个时候，我开始希望你别再说我不适合你。我用楚楚可怜的腔调教我的木偶讲笑话，但我也十分清楚这些笑话有多烂。你常常放声大笑，而我的布袋木偶却哭得可怜巴巴。你接过了我的布袋木偶，它一会儿轻浮放荡，一会儿寻死觅活，执意要从高处和窗户上纵身跳下。我注意到，你不是替木偶说话，或借它之口讲一段故事，而是它的代言人，说着它的故事。我应该羡慕这一幕才对，但我觉得我是在目睹一种叫人悲伤的偷窃，因为木偶能如同牡蛎一样忍受被撬开的痛苦。

我们认为最好由我的木偶每天接着翻译我曾祖父的书，逐字逐句，先用印地语，其次是英语，你听得入了迷，接着再用俄语和法语说一遍。就这样，这本书的基本风格荡然无存。一直到面试前大约一周，我才意识到这一点。当时我重读这本书的最后一章，这是我要翻译给你听的，欢快的话语仿佛彗星闪过我的脑际。其他章节却没这种感觉，我不知不觉中就流露了出来。我嘱咐我的布袋木偶，可别透露这本书的结局。

幽灵也赞成，但她也十分肯定，如果我的布袋木偶不说你和我安排给它的台词，你肯定不会挑我。幽灵甚至建议我别太担心结果如何。当然，我没理会她的建议。两天后，你们这所历史悠久的学校的等候室为我蒙上了一层大理石色的雾，我看着其他有望被录取的学生练习着他们的木偶。有几位学生与其说是木偶演员，不如说是演员；但其余的学生，却以一份我和我的布袋木偶之间没有的悠闲和感情，摆弄着人头杖、逗弄着木偶和文乐偶[①]。我认为灵魂想必妙不可言，默娜，从没有灵魂的木偶活泼、笨拙的一举一动就能看得出。坐在我旁边的姑娘非常漂亮，一头蓬乱、骇人的发绺儿，生着一对酒窝，有夜空一样的肤色，黑中透亮。但我认为自己也挺招人喜欢，所以我只是问了她的木偶在哪儿。“在这儿呢。”她从夹克口袋掏出一个小盒子，从盒子里拿出一枚瓷质国际象棋棋子，一个梅红色的皇后，仅仅能看出它的后冠和姑且算作胸臀的一道不显眼的波浪形线条。

“你自己做的？”

“不是，我捡来的。我知道它不像一个木偶，但它又的确是一个木偶。我知道，因为我第一次拿起它，就说了一句以前从没说过的话。我放下它，再拿起它，这句话又脱口而出，还是我以前从没说过的，尽管是刚才的同一句话。”

“它每回说的话是什么？”

“当时它问出了一个问题，但我希望它问点别的问题。”

“它问你什么了？”

那姑娘露出了难色。她指着自己的胸牌：“对了，这

---

① 日本木偶戏中的木偶。——译者注

是我的名字。”堤喀·萧。我的头发遮住了我的胸牌，于是我和她握了握手，说：“我叫拉达·乔杜里。你的木偶问你什么了？”

堤喀叽叽咕咕地说了几句，可惜声音太小，我没听清。她反复地咕哝道：“你的血跟这个一样红吗？”听到这话我决定不再问了，兴许她要留到面试的时候再大声讲出来吧。

一枚棋子问了一个私密的问题，兴许是能问得出口的一个最私密的问题。我不知道怎么回答。按我的指示，我的布袋木偶摇了摇头，哦，不，你的血肯定更红一些。堤喀将掌心的梅红色皇后转了一圈，又问了一遍。这次语气中不见了质问的调子，这个问题反而变得滑稽古怪。接着棋子又问了这个问题，这次听着有些焦急，像是为了找到一个参照标准，好做个比较。接下来语气变成了沮丧。（要知道，这棋子都算不上正经的红色……因此，你说跟什么一样红，何从比较？）从你之前说的古斯塔夫·格里马尔迪的木偶来看，我知道你很不赞成堤喀·萧的木偶问的这个问题。其实，你准会讨厌这么问。不过，这个小小的皇后棋子却问了一个高深的问题，它问过之后，你心里只能想着它的问题该怎么回答。我身上带的最锋利的一样东西是胸针，我可以用它戳破手指头，那样就能看到了。

“你太好了，堤喀。”我说。我不是唯一一个出门透透气的人，还有几个垂头丧气的应试者跟着我出了门，跟他们的木偶讲着最后几句话。

“你交代的事我办不到。”我的木偶告诉我。

“小声些，我不会让你假装这是你的错，”我告诉它，“我不过是想向默娜露一手罢了。”

我面前的墙上挂着一幅镶在相框里的照片，我念着你的名字的时候，看见了照片中的你。对了，我看见了你的后背上闪亮飞舞的马尾辫。这是张黑白照片，你在奔跑，四周洒下一簇簇烟花似的影子。一个人稍稍领先你一步，那个人起初也看似一个影子，只不过它回头瞥了一眼，我才分辨出是一个完全不同的外形。那个人的相貌是木头的，但仿佛有一个捣蛋鬼在它体内动着，动作并不轻柔，而是一阵阵地抽动，呈现出一种唠叨得让你笑出泪的美感，我对罗恩·韦兰就是这种印象。你和木偶——我就认定它是一个木偶——从一个竖着的方框跳进另一个方框。从一扇敞开的门可以接连看穿一扇扇敞开的门，在那间隐约可见的屋子的角落里放着一张碗橱，歪向一旁。碗橱门上有一个牌子（我偏过脑袋，看到那牌子上写着“玩具”）。

这是一张照片，照片中整齐地画着一条条线，天花板和地板旋转着向各个方向伸展。要不是这一切，画中的世界似乎永无尽头。你们俩都在跑着，你的身影模糊，木偶却清晰可见，木偶扭过头，但不是望着你，而是望着我。

你们俩好像在逃命，生怕被我夺去。否则你们也不会争先恐后地跑向那个碗橱门，争先恐后地回去。那牌子上写着“玩具”，但牌子不是保障。我反正也想去，希望木偶向我招手——至少别带着那种不可名状的宽容回望着我。

等我的名字被叫到了，我进了试镜室开始面试。我的布袋木偶犹豫不决地去拿事先放在桌上的一碗方糖，接着失望地住了手，决定睡上一觉。过了一会儿，室内的一个角落传来噼噼啪啪一阵响，喇叭里传来了你的声音。默娜，你想给我一次机会。

“乔杜里小姐，你的节目没准备好吗？你只有十来分钟的时间，你在等候室都瞧见了，我们今天要考察好几个人呢。”

这句提醒对我毫无效果，我依然故我，最后有人敲了敲试镜室的门，走了进来，他先瞥了一眼钟，然后看向镶着镜子的房间，看向我以为你所坐的位置。进来的是一个男孩，他一只手背在身后，要不是他深陷眼窝里的大眼睛里透露出的耐心，我险些以为他要打人。

“我叫古斯塔夫，”他说，“把你的木偶给我，你应该换一个。”

“你准备把我的木偶拿到哪儿去？”

“这要看它了。它可以一直睡下去，想吃糖就吃糖，或者交几个新朋友。如果它想要焕发精神，说不定可以改一下发型。快，把这个拿去。”

我交出我的布袋木偶，接过另一个铜牵线木偶。“这是我从储藏柜拿出来的。它好久没上过台了……好些人没法跟它合作；它被鬼魂附体了。”古斯塔夫扭头说完，出了试镜室，砰的一声带上了门。

看来与这个新木偶配合是不可能的。我拿着恰好控制它每一根线的木棒，每条线都清清爽爽，但只有古斯塔夫才拥有着灵巧、娴熟的手法，而我没那个本事。虽说我们都静静地站在那里，但我觉得这个提线木偶走向我，我一动不动，心里一紧。

“五分钟。”你通过喇叭提示了一句，毫不掩饰你不敢相信的语气。我对木偶说起我那位幽灵朋友说的颠三倒四的话语。我问它是鬼魂附体，还是碰上了更糟的事。它的反应就如同你身在异国，碰到了急事，恰好遇到了一个会说你的语言的人那样，连忙答道:“可不是哩，糟着哩。”

如果我现在帮你，你以后必须帮我。木偶说道。

你不会叫我去害人吧？我问。

绝不会。

那我答应。

好。你只要把我说的话翻译出去。我来说，你也担心操作的事儿，我会配合你的动作，这样更像些。

它说起话来跟我的幽灵朋友一样——虽然幽灵说话并非都一个腔调。我如实转译出来：

我不是一个鬼魂附体的木偶，我说过了，我有生命。我叫葛佩达，很久以前，我跟两位在这里备受尊敬的人学木偶戏。我负责维护工作室的木偶们，就像它们的保姆，修理它们，确保它们保持良好的状态。它们的主人们一天天变老、去世，我却始终陪着它们。它们没有生命，但离拥有生命仅一步之遥，始终一步之遥。它们知道人什么时候在附近，它们需要有人在旁边，免得它们……犯错误。

我着手培训接班人来维护木偶。在我那个年代，这似乎是一门快失传的学问……我培训了好些愿意学的男生和女生，可惜来了一场瘟疫。这场瘟疫毫无征兆，突如其来。我的学生一个个死去，我也不久于人世，但我的木偶们却没有见死不救。

每一个木偶都做出了牺牲——这个贡献出一条腿，那个出一只胳膊、身体、头……它们说，你方便的时候，随时可以换上。

它们凑出了一个身体，但没法把这些零件组装到一起。

看看你的新身体，它们说，你会慢慢地变成它们。

我说我不会，但这事却接连地发生：我打个盹儿，等我醒来，我身体的一部分就被换掉了。先是我的左手，然后是我的右脚。你不妨想想这样一番情景：用你一双铜眼低头打量着你作为人的脚。后来我越变越小，渐渐成了现在这副模样。我叫葛佩达；我早就想说这件事，可惜没人帮我说出来……

这就是我认识我的朋友葛佩达的经过。你知道，默娜·谢苗诺娃，三天后，我被一个电话叫回了你们学校——不，现在是我们学校了——发现堤喀·萧在等着我。你也在场，还有古斯塔夫·格里马尔迪。接着我知道自己被录取了，我走向你。你笑着说："干得漂亮。"却是古斯塔夫拉起我的手，说："欢迎你，拉达，今后我们就是同学了！"

我的幽灵朋友说得对：我没听你的话，所以你才没选我。但你凭什么挑上了堤喀？我明白了，即使到了那个时候，你还在竭力干扰她。

"你何苦要旧事重提？"你没好气地说。但发现让我们走到一起的不一定是（或者说"不单是"）惺惺相惜，发现你有资格化解别人的错误时，我心中的伤感一时难以平息。你为我付出了许多，一想到这里，我不禁心中一颤，但你知道，是因为想到你出于纯洁的立场，我才得到了力量。

你的血跟这个一样红吗（下）

（一样）

IS YOUR BLOOD AS RED AS THIS? (II)

拉达和古斯塔夫开始并不顺利。他们第一次见面，她带上了我，我们三个人漫步在伯克利广场。“你好，葛佩达。”古斯塔夫对我说。他一直向我问好，哪怕我从不回答，他有礼貌是他自己的事。拉达用面包屑喂鸽子。古斯塔夫始终戴着一副墨镜，详细介绍拉达听都没听过的几位20世纪中叶导演的作品。我不难看出，拉达觉得，如果她想从古斯塔夫那儿学点什么，那纯属意外。但他向木偶们介绍拉达的时候，我发现她改变了主意——“你的木偶带来了，”他对拉达说着，冲我的方向点了点头，“我自己的也带来了。”

这次见面，有它们四个作陪；其中两个分别从他上衣口袋里往外探头探脑。它们都是宿命论者，个个一副好脾气，没见它们手忙脚乱过，它们宁愿把演出往后推，等到事情自行解决，用不着剧团的人动一根手指头。这一伙儿的头叫哈姆雷特，不修边幅，老于世故。哈姆雷特成了拉达的课外辅导员、讲师、质问者、啦啦队队长和托儿。那段时间，我们都忘了哈姆雷特和木偶班子用的是谁的嗓子和手。第二天，拉达向古斯塔夫汇报她掌握了某个控声小窍门，却好像他没和我们同处一室似的。这种轻慢一开始惹得古斯塔夫很是不快，但随着我们对他渐渐有了好感，我们开始发现，每逢拉达说起哈姆雷特或其他木偶说的笑话或做的趣事，古斯塔夫其实是努力克制着自己的兴趣。

我早就看出来了，可那时候拉达还被蒙在鼓里。她绝不会用直接和古斯塔夫说话的腔调跟他的木偶班子说话。随着这种信心的爆棚，拉达和古斯塔夫的木偶之间也达成了默契，它们一心逗她笑，放学后全都等在教室门口，一路嚷着"为老板娘闪开道路喽"送她去公共汽车站。古斯塔夫让他的爱宠们不离她的左右：留着布丁碗发型的哈姆雷特、既是杀手又是雄性人鱼的查加台（靠它一副卖弄风情的假嗓子杀害水手）、船匠布伦希尔特，以及一位叫彼得鲁什卡的宇航员，它常常不厌其烦地解答你提出的问题。还有一位是一个两三岁孩子大小的跳豆[①]，人称洛科·邓普西。它们的主人举着胳膊跟在拉达身后，在她头顶上方操作着操纵杆。在古斯塔夫的指挥下，根根线都互不干扰。拉达连连称奇，紧贴着他，免得自己弄乱了这些清爽的线绳。他将几根操纵杆塞进了她的手里，又放低胳膊，以便搂着她——并不是紧紧地搂住，因为胳膊本来就没多长。

① 跳豆原指墨西哥属大戟树的种子，因其寄生有蛾的幼虫，故能跳动。——编者注

他吹起一支欢快的波洛奈兹[1]；她操纵布伦希尔特和洛科踏着舞步，在前面带路。拉达开心极了；我认为录取是轻轻巧巧的事，谁知她却扭头对我说："那不可能是默娜跟我说的同一套班子。"

那天晚上，一个算命人在肯德基门口一把抓住拉达的双手，慢吞吞地说她爱上了一个看不见的人。她慌了神，一晚上都没让我睡觉，到天亮还在问我，那人说的究竟会是谁……

我说不好是该同情、恭喜，还是责骂格里马尔迪这个小伙子。姑且这么说吧，这是秘密谈恋爱的一个办法，但谁也说不好他的个中滋味；或者对他来说，这不过是个撩拨他的套路。设身处地考虑他的处境：你世世代代都与木偶结缘……就这一点而论，你就是一位挽大厦于将倾的斗士。你喜欢的姑娘，都长着一双炯炯有神的眼睛，能看见不为人知的事物，以及令人看一眼就能神魂颠倒的黑发。接着你又认识了一个。你不想试试看在不知不觉中走近她吗？

拉达开始不住地看手机，但又没有明确的目的。她手

① 波洛奈兹（polonaise）：波兰慢步舞曲。——译者注

机上的信息多半是堤喀·萧发过来的，又是忌妒心，又是保护欲，认为还是不去管它们为好。堤喀在奥克尼群岛[①]，跟默娜父女在一起。拉达只告诉她木偶学校布置的新作业，这姑娘硬是套近乎，请拉达说说自己的事。拉达只好发了几张和哥哥坐在门口吃自家做的冰沙的照片，却不晓得她早看过了。这张照片中，我坐在阿尔琼的肩头。我从不跟他说话，所以他把我当作拉达的时尚配饰。那时，和他单独相处是我最开心的一段时间。

我、葛佩达和阿尔琼成天坐在街头喝浓果汁。你和我老婆呢？

那是焦躁不安的堤喀发给拉达的大量信息的开场白，拉达往往只回几个表情，这一无心之举反而引来了更多。

从何说起呢……好吧，我干什么都讨不到“我老婆”的好。

我一再回答她的反问句，到了后来，我都不敢回答她不是反问句的问题。

哦，看来她的拿手好戏是信口胡说。

为了继续生活，你得忘了那种事，你知道吗？

你评论我的手的这句话，让我恨不得把它们给剁了扔掉。有人跟你说过那种话吗？

---

① 英国苏格兰东北部群岛。——译者注

别往心里去，我现在不过是不想见我的手罢了，哈哈哈，伤心（表情）。

我向来不善于反诘，于是我捡起石头，等她转过身，作势要狠狠地揍她一顿。

古斯塔夫还好吧？

拉达，你喜欢这个姑娘，她究竟有什么好？

她老爸真把她当人看……

堤喀每发来十条信息，我都会收到三四条默娜的信息（都是称赞堤喀的），以及古斯塔夫的一条信息。一天夜里，拉达正躺在床上，他发来一张照片，照片中布袋木偶千颂伊像舞剑一样挥着一管唇膏，随附的文字是：谁来拦住她。至于古斯塔夫，只能看见他遭到千颂伊进攻后丰满、漂亮、粉红的下嘴唇，他待在木偶的身后。但恰恰这一张照片，背景却反客为主，占据了她的视线，拉达哼了一声，翻了个白眼。接着她偏过脑袋，又看了一眼，不慌不忙地跷起二郎腿，接着又放下。她仔细地端详着这张照片，心不在焉地摸着她自己的唇线，吮着食指尖。我和卧室幽灵你看着我，我看着你，默默地赞成腾出这间房。

我怀念有所求的岁月。很高兴我的朋友还有她要解开一个心结——想念默娜·谢苗诺娃。就算必须甩掉古斯塔夫，拉达也还有别的导师可选。她的同学都一个德行，缺乏老师们喜闻乐见的进取心。他们都抄别人的创意，给彼此的木偶互换服装、小道具、口号（金句），有时候甚至互换角色。这种友谊更加突出了罗恩·韦兰的不合群。

这周的木偶戏历史课是拉达和同学们做纸工课的时间。他们制作木偶，钉上关节，把手和脚转得跟风向标似的。他们学习矮胖子[①]的来历。矮胖子是一个长着鹰钩鼻、毫无主见的人物。它的出生地和生日仍是学者们争论的事，但两百年来，它一直以卡斯佩尔这个名字在奥地利露面。它不思机巧，一味地蛮干，到了最后，它身边的木偶一个接一个地死去，后来它的主人想必注意到它没卖力争取观众。在匈牙利，它是说话干脆、爱损人的维泰兹·拉斯洛。到了法国，它眼中又恢复了神采，成了波里希内儿——一个从最快乐的地狱跑出来的魔鬼。在英国，它又是一个神经兮兮的家伙：你只要多看它一眼，或看它的眼神不对，它当即就拿一串香肠勒你的脖子。不论你在哪儿见着它，它都小心翼翼，闭口不谈往事。不论你问起什么，它都一概声称不是它干的，不晓得该由谁负责；其实，它一问三不知，它不在“当场”，你瞧，它一直待在“此处”……它还反问你，你当时在哪里？

---

① 矮胖子（Punchinello）：意大利木偶剧中矮胖驼背的滑稽角色。——译者注

我和拉达走进教室的时候，一眼看见罗恩·韦兰周围空无一人，为了慎重起见，我们挑了两个不打扰它的座位。我们望着它，左右为难，不知躲着它是懦弱，还是聪明的表现；谁也不愿提它。罗恩的一举一动都无不彰显着它的贱民身份，它常常把领口竖到耳朵，直勾勾地望着前方，在这座大楼里到处溜达。拉达说它给人一种怪怪的感觉，仿佛它是电影里背景中一个多余的人。我们花了两个星期才打消了好奇心，改变了我们的成见。“莫非大家误会了它。”我说。拉达答应试一试。

它书上放了两根红针和一团毛线，等老师过来上课的那段时间，它在打着毛线。这是许多打毛线的人妥帖地织出一个个图案的细心和自信。罗恩织毛衣却另当别论。它凭着一种不容妥协的执着劲儿，盯着它在织的袜子，好像它认为，只有这样它织的每一针才不会错。我们在它旁边找了个座，拉达问了一声好，又连说了几遍，它才斜着瞥了她一眼，算是跟她打了一个招呼。

“我叫拉达。”拉达趁它收回眼神，连忙说。

“好的，”它说，“嗯——我是说，你想做什么来着？”

“没什么。”拉达答道，露出一副我觉得无比亲切、诚实的喜悦，“就问个好儿。这位是葛佩达。”

它冲我笑了笑，始终没放下手中的毛线。第一眼、第二眼甚至第三眼都看不出它为什么躲躲闪闪。罗恩的相貌不俗，有着轮廓庄重的下颌、长长的眼睫毛、暗褐色的皮肤、漂亮的卷发，但它的身体却像遭过雷击似的。在大太阳底下，它显出的真正的发色是湛蓝。它挠头的时候——这是它思考问题时的一贯动作——分开的头发中清晰露出两个小小的螺丝锥一样的骨头。对，是角，但并不吓人——这两个角兴许旨在增添一分顽皮的意味吧。韦兰的问题在于，它是按人的尺寸做的一个木偶。不论它的皮肤看起来有多柔软，但它还是个木头人，只是不晓得它是被什么驱动的，它胸膛里没有什么嘀嗒嘀嗒的声音。在我看来，罗恩是个男人，因为它举止斯文、谈吐文雅，让我想起了我少年时期在威尼斯见过的少年和男人。但在默娜眼中，它却是个女人。用拉达和古斯塔夫说的话说，罗恩是一个男人，又是一个女人。兴许我们是按自己的喜好解读它，兴许这当真是随心所欲。它仅仅耸了耸肩，说："随你的便吧。我无外乎是截木头。"它的同学们早就糊里糊涂、按捺不住内心的冲动。所以他们多半躲着它，但他们个个想得到他、她或者伊[①]，一具撩人、轮廓丰满的躯体，这个罗恩外表风情万种，却无外乎是一截木头。我敢肯定，罗恩·韦兰是无数人的梦中情"偶"。

它和我见过的矮胖子一样，说话闪烁其词。你问它一

① 此处英文原文为"hir, zir"，为英文中性别为中性的人称代词，此处用"伊"代替。——编者注

个问题，它总有办法让你代它回答。罗恩和拉达两人擦肩而过，从没见过她说的“情人眼里出美女（帅哥）”的关系。她眼中的帅哥却是我，这让我颇感意外。记得拉达把我介绍给她的卧室幽灵时，还以为我们认识，或者说至少希望认识一下，因为我们说的是同一种语言。但那个幽灵却对我有点儿不理不睬。

不过，罗恩·韦兰却把我唤作“月亮女皇葛佩达”。因为我们俩都用不着睡觉，我们乘夜班车，共用同一副耳机收听针织方面的音频节目。如果公交车上有人看到我们，他们肯定认为这是他们喝醉了呢。我千方百计地想让它说说它何以至此。我私底下比较了我们俩的境况，认为它的境况要好些。它能呼吸，我却不能。倒不是我以为能恢复从前的身体——我说的是从前拥有的身体。将我变成这副模样的人尽了自己的本分，仅此而已。我在自找出路，他们自认为在帮我；恰恰相反，他们却将动作、姿态和明快的语言变成钱财。

我的灵魂和自己垂垂老矣的躯体之间唯一真正的区别在于仍渴望被关怀。在我卖了当初造就了我的木偶们的时候，它们无不错愕。它们错愕无非是木偶们用不着钱，但也在于我留了一个心眼，执意要分开它们——这是它们无法理解的。没有任何两个木偶被卖到同一户人家，连两个相邻的城市都不行。我查了地图，确保每一个木偶都远隔重重森林、沙漠和一条条大河，断绝它们或者说我们重聚的希望。我不知道此举是否断绝了它们的联系，倘若它们能解决这个问题，就说明我的计划失败了。它们天各一方，不通音信，我成功了。

堤喀和默娜缺席的第二周周末，就到了课程要求的提交一份个人陈述的时间了。陈述的题目大致是“一个木偶能做什么”。学员们都得陈述他们的想法，虽说陈述要打分，但不公开。在一个完全靠公众判定个人得失的环境中，这是真诚表达自己，同时又不必将自己陷于不利境地的一次难得的机会。而出于这个缘故，老师们给作业加了字数限制。罗恩说这个题目让它的大脑一片空白，于是我一个字一个字地为它口授。一个木偶能做什么？我们之间没能写出个好言好语、不愤世嫉俗的答案，所以我仅仅调整了自己还记得的几句布兰巴尼的演讲，当时他正在创作《指头和拇指之间的战争》。木偶戏演员的任务是一辈子保持孩童式的好奇，拉达的论文寥寥数语，只达到了规定字数的一半；她把写好的那一段又抄了一遍，又在开头加了一行，解释她是在利用复述的手法表示强调。另外还需要复印件，于是堤喀把自己的论文用电子邮件发给了拉达，她连看都没看就交了上去，扭头和格里马尔迪手挽手跑了。罗恩·韦兰把堤喀的论文在送到阿尔法西女士的办公桌前截了下来，我问罗恩要干什么，罗恩叫我别声张。罗恩看了两遍，我接过看了一遍，想看看罗恩在找什么。

昨晚夜黑风高，我们乘船去了斯卡帕湾[①]。天空处处是破碎的光影，光影中云卷云舒。如同尘埃和龙火。谢苗诺夫教授说："那是银河。总之，那是我们目所能及的。"

这景色太美了，我两眼盯着它，生怕它突然间消失不见，或者说这原本就是一个大大的幻觉。兴许是甲板的颠簸，又兴许是我盯得太久，但过了一会儿，我感觉一切都向我压将过来，那光、那云、那黑夜，数不清的星辰仿佛十万里外向我射来的箭。我们穿过一座公园，一路踩着蚂蚁。我认为最好趁天空还没压过来，赶快离开这里，要不干脆跳进海里，立刻淹死；其次是闭上眼睛，但默娜硬是要我抬头望天。她说她担心这些针尖一样的光越变越亮，她却在这光线中越变越小。她要我抬头仰望星空，直到歌声打消了心中的恐惧。关于木偶我所知不多，而我以前一直想做的，就是玩弄这令人心慌的小把戏。现在远不止这些。我

① 位于苏格兰地区最北端的一片半封闭水域。——译者注

希望上演难以驾驭的小节目，如果我们当真掌控了一切，就能从各个角度看清我们的真面目。兴许是令人痛苦的幻想，但比起瞥一眼银河，这已经激不起我心中的痛了。

堤喀·萧

“哎呀，现在的木偶戏演员。”我说，这时罗恩问我，按一到十分算，堤喀对默娜的反感能有几分。

“八分吧，”我说，“说不定是八分半。但从她的论文来看，她改变了主意。”

“从这篇文章看的话，葛佩达，这种反感不止十分。默娜有本事做到想让人家干什么，人家就干什么，可惜她却不能改变人家的真实想法。但堤喀突然将默娜的目标据为己有。你闻到来自远方的怒火气息了吗？说起来，坐观默娜失去全盘控制，也能让我好开心。但我不能那么干。”

“为什么不呢？我能。”

罗恩对我说起一位姑娘，她对一切外在的刺激都有反应，但对人的触碰一点感觉都没有。所以从小别人就经常吓到她。她胆子越来越小，到后来，她都没办法与他们相处。她看得见人类同胞，也听得着他们说话，但与他们交往则无异于去抓稀薄的空气。这就好比日日伴着既不会消失也变成不了现实的幻觉。最伤脑筋的，莫过于还得装作不把这帮专爱恶作剧的家伙当一回事儿。她很快发现，生气只会适得其反，因为他们又准备用拥抱等方式来安慰她。为了避免无谓的身体接触，她该说的都说了，该做的也都做了，但由于她接触了人家，她的情况变得越发复杂。她是行走的止痛药。她并不医治或缓解痛处的根源，而是让他人的知觉丧失几小时或者半天（取决于皮肤接触时间的长短）。不论人家遭受何种痛苦，只要这姑娘握住他或她的手，疼痛自会消失，其他感觉随即填补疼痛留下的这段空白。

比起自我的麻木，这对她恋爱的干扰可想而知。她身边的人不晓得怎么就发现了她对他们的作用，不假思索地想办法得到她，将她紧紧地攥在手里；朋友、家人，连路人都在利用她，却又浑然不觉，他们紧紧地挨着她，都要把她的肋骨挤断了。看那样子，他们一个个无时无刻不经历着各种各样的疼痛。留着一头长发、不修边幅的小伙子们带着吉他盒，露宿在她的家门口。姑娘的父亲每晚都要抱着膀子，在灯火通明的客厅窗前站一会儿，让露宿在门口的家伙好好看看他无比壮硕的二头肌。他花白的须发配上不搭调的粗壮臂膀，常常把小伙子们吓得作鸟兽散，误以为圣诞老人发了脾气。

避免不由自主的给予，也算是一种逃避吧。这姑娘想办法甄别疼痛难挨的人，尽量握着他们的手，整晚整晚地坐在医院里陪着他们。她也去精神病院的病房去陪病人，但在那里无法保障人身安全。回到家，她又紧挨着她的母亲，母亲吃止痛药上了瘾，为了开大剂量处方多次自残。这女人的抑郁折磨得她痛不欲生，唯独药物才能免得她号啕大哭，闹得家里家外不得安生。从这个女人能对她说得清的只言片语来看，这姑娘明白妈妈想的都是些怪念头，这些念头她跟别人都张不开嘴。她眼底呈现出生动的结构，如同一幅幅细致的 X 光片。俗话说母女情深，但她们却不愿说出口。母女俩非但不强作笑脸，反而要对方开诚布公。姑娘好说歹说了不知多少次，但母亲就是拒不接受女儿的帮助。出于爱揽下责任和出于爱拒不肯受是一对由来已久的矛盾。母亲依赖药物真不是为了免遭痛苦，而是执意不肯介入任何情感。所以药物比握着这孩子的手要强。

姑娘的父亲是一位木偶戏演员，终于有一天，他应邀到布拉格去表演。这是一个想推都不忍心推的荣誉。他做梦都想享受那座城市对木偶戏演员的礼遇。妻子认为这要么是叫她崩溃，要么就是叫她委曲求全。她告诉丈夫，带女儿出门走走对他是件好事，把她送进医院，也解了一家人丢下她一个人的后顾之忧。于是这姑娘到了布拉格。罗恩自己并不了解布拉格，但我多少知道一点，再说，将默娜·谢苗诺娃这种人放归一个大街小巷都灰蒙蒙、中规中矩的城市再合适不过了。在罗恩说的那条街上，如果我记得没错的话，默娜和父亲住的那栋楼就如同一条用钢铁焊成的混凝土绞刑架。除了管着她上学，父亲什么事都由着她：看他排演、表演或者学习涂鸦，在伏尔塔瓦河[①]岸边撵天鹅玩儿。默娜爱看父亲表演木偶戏，他让她好好感受木偶的魅力。所以她一有空就多半待在戏院，那里简直成了她的第二个家。但她也开始与母亲通信，她们欣喜地发现，四十八小时快递送来的果馅奶酪卷和黑醋栗小面包还能吃。她们偶尔也会聊几句康复的事，默娜开始听出母亲过去提起自己烦恼时说的话有了变化——彻底崩溃的话少了，流露出委曲求全的话多了些。

默娜把她家楼上的两个小伙儿玩得团团转；他们是托普尔家的两兄弟，因德里赫与基里尔。

两个小伙子对默娜爱得如痴如狂……他们喊她“伦敦小美女”，都希望有机会来个英雄救美。两兄弟时不时地一个威胁她，另一个保护她，虽说她从一开始就指出，她只要他们俩有一天能甘心为她赴死。托普尔兄弟正在教默

① 捷克西部河流，注入易北河。——译者注

娜捷克语，所以她的指示多半是哑语手势，但兄弟俩立即就能心领神会。死亡这个词频频闪过他们的脑海，那段日子，每逢星期天下午，默娜都要参加他们俩在奥尔沙尼墓地的摔跤比赛。基里尔出手狠毒，因德里赫却是一个飞毛腿，而默娜身手敏捷。她不与对方交手，而是绕着他兜圈子，将他拖垮、累垮。

鉴于这里的坟墓多达几万座，布拉格的奥尔沙尼墓地本身就可称一座小镇。至于我，我也去过那儿，知道那地方有东西在林子里走动。我说不好是什么人，因为我们从未有过交集。但就我亲眼所见，在奥尔沙尼林中的空地，树叶交织在一起，在树枝间搭成了一座座遮天蔽日的“桥”，这些枝叶相连的树树皮剥落，露出了闪着新鲜和腐朽、树汁和枯树干的颜色。这一个多月以来，托普尔兄弟和默娜沿着这条小路换了好多处摔跤场地，他们翻过一层层乱丛，偶尔还会挨上一记出其不意的飞踢（不论以前经历过多少次，被灌木丛突然袭击，都免不了一惊）。就这样，他们才发现了小木雕魔鬼。木雕魔鬼发现他们几个星期了。它是用欧洲花楸木雕刻的，还保留着树木的信条，其中一条就是少跟人类来往。“首先，他们砍我们，”罗恩说，“其次，他们都神经错乱，虽然我猜他们是情不自禁扎根在水里而非土壤里。”

不过，木雕魔鬼常常被过路的人惹得哈哈大笑。他们真好笑，以至于它被逗笑的时候一点儿也不觉得过意不去。他们苦苦地掌控时间。几个人只要凑到一块儿，都不肯白白地放过这六十秒，搞得时间像他们掌握（抑或掌握不了）的变幻莫测的市场行情似的。其实，时间更像他们一言一行上腾起的一层挡不住的雾，因此，要么被人遗忘，要么被人记错。木雕魔鬼的正式职责是为一位叫罗恩·韦兰的炼金术士守墓。墓是空的。其实，术士的墓散落欧洲大陆各处，一共七座，这座是其中之一，其他六座也是空空如也。作为一位炼金术士，韦兰言下之意颇有些想说明他在这一行首屈一指的地位——如果他不留已经身死的蛛丝马迹，就算奏效了。六百年过去了，墓地周围大街小巷的居民们否认不了他仍在他们左右。每年的 7 月 14 日，镇议会都雷打不动地收到不知谁寄来的一袋古代的金子，用来象征性地支付韦兰占的那块墓地费用。其实，这笔款不太可能出自韦兰本人。鲁道夫国王当年下令处死这位炼金术士，无非是因为他不能如约将破铜烂铁变成黄金。韦兰的几位好朋友偷梁换柱，找了一截木头代替他的尸首下葬，他才得以脱身逃到捷克，余生为别的宫廷效力，延续他的事业。

在人们发现木雕魔鬼原来是这座墓地里唯一的住户后，它吃了不少苦——它被上了蜡、刷了漆、被钉在地里，受寒挨冻忍受风吹雨打。它见过树林里的游人："人来人往。"木雕魔鬼有着轻薄模糊的生命，比木偶好不了多少，但它给人的第一印象却如同真人。从它身后过来的扫墓人往往误以为它是与默娜·谢苗诺娃当时年纪相仿的那谁呢，冒冒失失地上前搭讪。发现认错了人，他们不是尴尬，就是觉得极其恶心。总之，没完没了的搭话养成了它沉默的习惯。木雕魔鬼占据了有利地形，充当了好多场托普尔兄弟与谢苗诺娃摔跤比赛的不露面的观众。魔鬼不免有些担心，默娜和两个小伙子一旦发现了它，肯定要来找它的麻烦。林子里有一棵树，木雕魔鬼把它认作母亲，因为它还是一棵小树苗的时候，这棵树就轻轻地安慰过它。那棵树至今仍守护着它，轻声念叨着奥尔沙尼的大树挂在嘴边的一句话："那都过去了，这个也不在话下。[①]"

这棵树说得对。这种情况并非特例。孩子们一看见它，多半会仓皇逃命。

默娜比托普尔兄弟先看见木雕魔鬼，顾不得喊他们一声就径直走了过去。她看了墓碑上的名字，拂去了魔鬼头上的地衣。她的温柔体贴让魔鬼好不尴尬。在意它的感受，主动去碰它，在谁看来都是非同寻常的事。没见过谁对这

---

① 原文为捷克语。——编者注

一发现有这么开心的。

两位少年表现得过于冷淡，把魔鬼的肩膀当作他们的大衣架。姑娘的大门钥匙老是滑出她的口袋，于是她把钥匙放在魔鬼的腿上，又摸了摸它的下巴，说了声："谢谢你，罗恩。"因德里赫与基里尔认认真真地伸展了胳膊和腿脚，接着由默娜担任裁判，准备开战。对木雕魔鬼来说，这是一个非同寻常的下午，默娜漫不经心地搂着它的肩膀，仿佛她俩是一起来这地方的一对朋友。

晚餐时分，两个少年各自取回了他们的夹克。但默娜却把大门钥匙弄丢了，到了家门口，伸手去摸牛仔裤的口袋才想起来。

她父亲还在戏院，于是托普尔兄弟先带她回去吃饭。晚饭过后，基里尔调整灯光，布置好皮影戏场景，默娜演了一出小节目。她那简陋的皮影互相吵个不休，举着双手连声问，怎么办，怎么办……一个长着汤勺头的家伙突然出现在它们中间，跟它们当中最小的一个孩子交上了朋友。我答应过他可以留下来和我们一起住的……皮影妈妈却不答应。绝对不行！快把这家伙打发走，儿子。这孩子在花园里搭了一顶帐篷，殷勤地请汤勺头进去。汤勺头要走，因为它不想麻烦人家，但这孩子却不依。皮影父亲拿着一把叉子正要扎帐篷，这时托普尔家的门铃响了。接着传来一阵急促的敲门声，紧跟着是一阵又急又重的咔嗒咔嗒的木屐声。默娜和托普尔先生跑上大街，却发现只有穿着普通软底鞋的居民。默娜家亮着灯。她挥手跟托普尔先生道了晚安，敲了敲门，但门咔嗒一声开了，却像自动开的。她知道父亲不在家。父亲不是把门拉开后自己藏在门背后的那种男人。

不管怎样，她还是喊了一声“老爸？”但没有人应。一眼看见茶几上的钥匙扣，她不住地颤抖。她想跑上楼去把因德里赫和基里尔都叫来，但又不愿敞着门不管。再说托普尔太太整宿整宿地喊头痛欲裂，默娜说不清有多少次礼貌地躲开那女人偷偷伸过来摸她的手，才没出现尴尬的局面。于是她打电话给仅有一层楼之隔的因德里赫·托普尔。她嘴里念念叨叨地穿过一个个房间。除了她的卧室每个房间都一切如常。默娜精通恐怖故事中的搜查程序，最后查看了一眼她的床底，发现罗恩·韦兰仰面躺在下面，对钥匙发着牢骚。钥匙扣交给你保管，你可以不接受这份责任，但你不能把它一扔了之吧。你总不能随随便便地把它丢掉吧——一个问心无愧的人能将钥匙这种东西托付给什么人？它一向本着负责的态度，即使坐在那儿不动，也能封住门路。钥匙的干涉能力只能靠猜。木雕魔鬼觉得钥匙惹的麻烦多过它能解决的问题，所以它一门心思地效仿默娜，尽心尽力地恢复秩序。

鉴于这串钥匙是那么淘气，它放罗恩进了门，可罗恩出门的时候，它却不再想帮忙。

朋友、家人和爱人之间的亲密接触，默娜已经见得多了，也曾沾沾自喜，瞧不起他们需要这种安慰。如今她试过之后，也尝到了一点甜头，她又羞答答地伸出手，摸着罗恩的木手腕，感觉手腕中有脉搏一样的跳动，她担心少了它的日子将难以为继。罗恩和默娜好不容易才听明白对方的话；她们必须握住对方的手，头脑清醒，然后才能明白。谁找到就归谁，这是多么普遍的道理……再说人只能活上几十年，事后罗恩又能回家，又去昏昏欲睡，听着它完全不感兴趣的声音。它和默娜好不容易才向教授和谢苗诺夫太太讲明了情况。她们一直等到这家人在伦敦重聚，最大的担心就是谢苗诺夫太太会不会叫来一位驱魔人，而教授没准会把罗恩拆开，看看怎样才能多做几个活木偶。但谢苗诺夫夫妇却不是那种人。他们都喜爱聂鲁达[①]的这几句诗：

我对光一无所知，不知道

① 巴勃罗·聂鲁达（Pablo Neruda，1904—1973）：智利当代著名诗人。1971年诺贝尔文学奖获得者，代表作有《二十首情诗和一支绝望的歌》《诗歌总集》。下文的诗句出自他的《颂歌与萌芽》一诗。——译者注

它来自哪里，去向何方，

我只希望光照亮……

罗恩微微鞠了一躬，表示它想说的都说完了。

“你有什么打算？”我问。

它叹了口气。“我担心默娜的情况没有得到改善。看来她学的不过是不必接触人家就能解除他们的痛苦。”

“那样不好吗？”

“好是好，只要你的办法不至于首先造成痛苦。但别担心，我会劝她和堤喀的。你现在的要紧事就是，虽说你希望改变你的境遇，但如果真要实现的话，不会通过我实现。”

我没答话，因为留给我思考的东西太多了。

我要不要对拉达如实相告？

话说到几分才能改变她的心情。

还是只字不提吧。

罗恩用帆布背包把我背回了家——是拉达的家，不是默娜的家。古斯塔夫开了门。他身后的拉达和彼得鲁什卡、洛科·邓普西在练一段新编排的舞蹈，没一会儿就要换一双鞋子。

“抱歉。”罗恩说着，将我放在门口的台阶上。

“抱歉什么？”古斯塔夫笑着问，但罗恩却戴上耳机，晃晃悠悠地走了。

堤喀和默娜文着柔和的新星系从苏格兰回来了，两个文身一个文在堤喀的左臂，另一个文在默娜的右臂。她们挑了一个图形，四颗灿烂的星，总称变色龙座。罗恩冷冷地望着默娜将字条塞进堤喀的抽屉，让她过后再看。堤喀对着默娜的耳朵嘀咕了几句，看到默娜的笑容，旁观者多半会认为两人关系暧昧。虽说我知道我打消了默娜对肌肤接触的反感，但我还是不敢相信自己的眼睛。至于拉达，她内心的斗争从未平息过，她羡慕这些文身，堤喀一再当着默娜的面乐呵呵地喊她“老婆”，搞得她狼狈不堪。她邀请堤喀和默娜去买木偶，只是每次都两手空空地回来。唯独音乐才能展露她的真性情；她发现音乐能让她动不动就哭得稀里哗啦，不得不跳过了播放列表上的许多乐曲。最后我发了脾气，伸手关了播放器，留下她一个人静静地做作业。看她的样子，还很感激我。她时不时地托着脑袋，露出一丝淡淡的苦笑。一天晚上，她发现手机上有一条未接电话，是古斯塔夫打过来的，她没回电话，却等到很晚，等他再打过来，结果空等了一场。唉，这些人真是的，两个人在一起的时候毫不矜持，分开后却又前思后想，讨厌死了。要是敲着她们漂亮的脑袋大吼一声“你们究竟还想不想在一起了”，未免有失我的身份，但我希望这件事由罗恩来做。罗恩正一门心思地织着一条雪花披肩，所以拉达才能不被打扰，继续为古斯塔夫的木偶写剧本。她打算为学校期末表演的节目投稿，脚本暂定名为《盗贼波吕克塞娜》，她仅仅向我透露，匪帮的场景多半安排在一家歌厅。

紧跟《盗贼波吕克塞娜》的一个环节属于堤喀和默娜，两人在忙着堤喀的创意，她们称之为《你的人生或一块奶酪的冲击》。我们这些观众事先都收到了入场券：一个版本的入场券写着“冲击”，下面的是一行文字说明，要你填一个名字（不得填自己的名字）；另一个版本的入场券写着“一块奶酪”，下面同样是一块空白，同样不得填写自己的名字。随着日子的临近，这些入场券越发让人怦然心动。入场券直面那些质疑，声称绝不姑息不认真对待作品的人：你可以尽情地炫耀你的肤浅，但等到你吃苦头的时候就迟了。日子早就定了，到了那一天，我们将展开你死我活的角逐……

我们鱼贯进入学校的剧院，紧张得牙齿咯咯打战。观众在剧院入口有人递给我们钢笔，告诉大家用铅笔填不算数，顿时人声鼎沸。我们坐下的时候，谁也没脱下外套或放下包，一个个都准备随时退场。可怜的拉达和古斯塔夫……我们做好了迎接心理冲击或看场好戏的准备，可惜他们的表演却让我们坐不住。

古斯塔夫的木偶已经上了台，背对着我们坐在椅子上。船匠布伦希尔特是个子最高的一个，我能看得见它的头顶。它的头摆的姿势有些怪异：我承认，讨论一个本身就千奇百怪的木偶的姿势可以说毫无意义。但我还是跟拉达提了这事。等堤喀和罗恩在我们旁边找了个座，我才改变了看法。堤喀问拉达拿到的是哪张卡，“冲击”还是“奶酪”？拉达莞尔一笑，说：“等着瞧吧。”古斯塔夫在TLC[①]的《不要小人物》（*No Scrubs*）歌声中走上舞台。这时候，木偶们坐着的椅子都转了过来，此后一切都浓缩在一瞬间：我们看见每一个木偶都被割得洞开，割得线头都露了出来；还遭到了一顿猛砍，连内部的线都被砍断了。古斯塔夫一见到它们，顿时晕了过去，确切地说，倒下去的动作更像是从高处坠落。他无声无息、直挺挺地摔倒在地，他的摔落显得那么不真实，跟舞台上的木偶们审视自己外露内脏的呆滞眼神一样。它们的表情无可改变，除非强行拆解；它们的微笑、愁容或哀怨一个接一个消失。我们的第一反应是放声大笑，这兴许是唯一自然流露的反应，似乎早在意料之中。木偶和木偶戏演员仿佛被一只无形的大手杀害；时间持续了约三十秒钟，这一幕完美无缺，谁也不敢打扰。接着，古斯塔夫的朋友们开始对他大喊，说他们一向了解

① 美国乐队，原名 Second Nature（第二天性），1991 年组建。三名成员中，T－Boz 来自艾奥瓦，Left Eye 来自费城，Chilli 来自佐治亚。——译者注

他对戏剧过于认真，要求他继续演下一场；他们说他现在该起来了，他们想知道他没事。从我们坐的地方看，他似乎睡得很安逸。《不要小人物》播放了一遍又一遍，最后拉达冲上舞台，扶起这个小伙子，将他搂在怀里，掰过他的头，我们看见他睁着眼。接着真相大白，古斯塔夫并非在睡觉。我们坐在前排的人甚至看见了他的眼睛，好像两个彻彻底底的空洞，眼神完全涣散了。谢苗诺夫教授爬上舞台，检查了几项重要生命体征，喊着要人快去叫救护车。教授也喊了女儿，她随着一群学生拥上舞台，学生递上一瓶瓶水、万金油和丝巾，焦急地问："他还有气吗？他还有气吗？"

唯独我、堤喀和罗恩待在座位上没动。我们也许露出了内疚的神色，但走近舞台只会打断我们的注意力。默娜对拉达说了几句，拉达放下古斯塔夫，转向被残害的木偶，一一拾起它们的尸体，用手指梳好哈姆雷特的头发，为彼得鲁什卡扣上头盔，一一为它们合上眼睛。这时候，默娜紧紧地搂着古斯塔夫——"你知道她有多爱他吗？"我听见一名男生问另一名男生——她的身体紧贴着他的身体。他的头动了动，似乎恢复了神志，将她推开，唯独用手摸索着拉达的手。默娜脸上露出惊愕的神色，退回了人群。这究竟是为什么？她下的剂量足以让他苏醒了吗？还是因为拉达俯身盯着他的眼神——那双被注视的眼睛，从他挑中她那天起就日渐黯淡？我猜测：最大的意外是他们这样互相打量，伤了默娜的心。一阵小小的痛楚足以让她呼吸急促。堤喀从座位上欠起身，纠结着要不要去陪默娜，罗恩举手想和我击掌，但我没理会。“不出所料。”它说着，心满意足地上下打量着他，看那样子，它说的不只是我的故意怠慢。

DROWNINGS

溺毙

这事发生了，却又没发生：

一个男人把钥匙扔进了火堆。对，有人做得出这种事。但这个男人却是想醒醒脑子。如果他头脑清醒，兴许不会做这样的事，不过，要交房租你却拿不出钱，你想头脑清醒都难。再说靠你养活的人生了病，缺少营养，而你还得丢下他到处去找工作。就算后来找到了工作，挣的钱还是难以解决温饱，这层烦恼没完没了，一刻也不得消停。总之，如果指望你的人对你冷眼相对甚至心灰意冷，回家见到他们，你心里说不定还好受些。但你回家见到的人，趁你出门的工夫，尽一己绵薄却又显著之力，将这个家又收拾得干净、漂亮、温馨。回去见的人只会说“哦，别放在心上啦”，一边信任地望着你，一边谈着明天……真是够了，就好像明天全指望着他或者其他什么人似的……

这搞得你有火都发不得：你看见人家眼里燃起了怒火紧跟着一闪而逝；你看不见一口将你囫囵吞掉的东西。阿尔卡季债台高筑，挨了陌生人胖揍的时候，他都懒得去问他们是什么人、为什么要揍他——他权当这事儿跟他欠钱有关。他没有奋起还击，而是只顾着保护自己的躯干，免得内脏受伤。他一位朋友的朋友认识一个在人临死前买卖器官的女人。这个女人买了你的器官，然后让你死得相对好看些——一场你想不到的小事故，意外身亡。事成之后，她会将讲定的数目全额、现款交到你指定的人手里。阿尔卡季一整天都在感知着自己的心和肺，他认为它们强壮得很，于是他做出了最坏的打算。可是，为什么要出此下策?

将钥匙扔进火堆是这个男人一时头脑发热想出的主意的第一步。第二步是绑架他物色的一个姑娘。他对这个姑娘并没有邪念，再说这事儿本身就非同寻常，他绝望地徘徊在街头，盼着他见到的人个个交上霉运。那个贴身女仆匆匆出了一家珠宝店——他希望她丢了一件女主人的贵重物品，好让他捡了换钱。对，让这个贴身女仆吃吃苦头好了，谁叫她粗心来着，他可救不了她。经过街头一家大咖啡馆的时候，他又盼着一名端着餐盘、身手敏捷的服务生滑一跤、洒了早餐，沮丧地拾起被人踩过的面包卷。要是服务生这次滑了一跤，一下洒的早餐太多，被解雇咋办?*岂不更好——那我就能取而代之了。*

他打算绑架的姑娘偏巧是一个暴君的女儿。她人见人爱，身材高挑，却又不明确……极其不明确。她不偏不倚的性格常常让双方交谈一番过后，临走时都认为，*哎呀，*

情况不妙。如果你说你心情不好，她没准儿要跟你谈某些从土壤里找不到充足的水分，转而从云端吸收水分的树。人家都叫她艾丽妮二世或者美之艾丽妮，因为她明辨是非，能不偏颇地分配蛋糕、奖赏、划分责任、解决各种纷争。说到相貌，她与家里人毫无相像之处。其实，她像她母亲秘密相恋多年的一个男人，暴君决定以通奸罪判处妻子艾丽妮一世石刑前，她母亲从来绝口不提的一个男人。他不是没给过她机会，但只给过一次。他要她说清楚，为什么他的观察一再告诉他，他的女儿其实是另一个男人的种，但这个女人就回答了一句：无从解释。

艾丽妮爱的男人听说孩子像自己这事，连忙赶去皇宫阻止行刑。他向暴君赌咒发誓，说他和艾丽妮素不相识，但暴君挥手叫他走人，示意刽子手做好准备。这时候，疑似美之艾丽妮之父的男人冲向艾丽妮一世，只见她孤零零地站在竞技场中央，抬起胳膊勉强地护着自己的脸和胸口。与美之艾丽妮长得像的那个男人背对刽子手和暴君，站在艾丽妮一世跟前，要她看着自己，只要看着他就没事了。看来他决心保护她，替她抵挡石头，抵挡到挡不住为止。暴君哪能容得下这种事，他容不得这两个人同生共死。另外又刚刚亲耳听到他们见面说的第一句话。暴君敬他毫不犹豫地介入这种事，所以非但没下令继续行刑，反而打发妻子重返皇宫。

那个男人请求见小艾丽妮一面——他说这辈子还没对谁这么好奇过——但他的请求被一口回绝，暴君按处置本国其他敌意分子的做法，将他溺毙。老百姓只能说："国王一代不如一代。"艾丽妮的父亲不晓得从哪儿听来了这句话。那就将他沉入这个国家腹地的茫茫沼泽地深处，甚至远离最偏僻的农舍。行刑的地方空气污浊，沼泽消化了犯人的骨头和肌肉组织，从水底泛出一个个皮泡泡，个个坚韧无比，有些还能腾空而起，成了坚韧的皮球。全国各地十舍九空，因为暴君杀了里面的住户；沼泽满地骸骨、血水，以及绑在他们身上的重物，其中还夹杂着房门钥匙，因为许多人是穿着衣服、连同口袋里的东西一起沉进了水里。美之艾丽妮晓得这些钥匙。她经常提着灯笼，穿过一座座狭窄的小石桥，壮着胆子去那片沼泽地。她这次是去感谢与她长得像的男人的义举，可惜他也免不了与其他被溺死的人落得同样命运。艾丽妮提着灯笼转了一圈，眼泪落到了水里。一滴滴泪水从眼眶落到眼眶，讲述着各自的意义。

还没被暴君溺毙的人，个个盼着除之而后快。阿尔卡季明白，如果他实施绑架暴君女儿的计划，不会无人支持。暴君当初只是一位普普通通的国王，比起别人，无所谓多好，也无所谓多坏。有一天，他一时兴起，想试试他究竟有多大的权力。突然他发现手中原来掌握了这么大的实权，他当即采取措施予以维持。他启动了配给制，这并不是因为国内资源短缺而必须节约，而是在于这位暴君希望暗中观察黑市，瞧瞧民众愿意和能够达成的交易。配给不仅限于商品，连时间也在配给之列……他的臣民愿意花多少时间排队买黄油呢？花在买药品上的时间又有多少呢？此举使得臣民的生活比邻国的公民更加艰难。

美之艾丽妮深知父亲遭人憎恨。他这个人，只有在下达命令，要引起普遍恐慌的时候才干笑几声。她毫不怀疑，如果伤害她能惹恼父亲，肯定就会有人这么干。可惜她被严加保护，另外她没注意到自己被熔化了一把钥匙的人盯上了。

暴君让阿尔卡季沦为孤儿，半夜将他的父母溺毙，这孩子在空荡荡的家中一觉醒来，不晓得还有谁给他做早餐。那天小阿尔卡季自己做了早餐，这种日子一直持续到家中再无余粮。后来他走出家门，流落街头。但他将大门敞开，希望别人能用得上他的家。

他碰到了两个小伙伴。第一个是贾科莫，他是来投奔阿尔卡季的。好巧不巧，阿尔卡季无意中听见一名杂货商企图把一块肥皂以市场价三倍的价钱卖给贾科莫。“我知道这块肥皂跟别的肥皂看起来无异，但它能把你洗得干净三倍……”贾科莫欢欢喜喜掏遍口袋、凑足了零钱，但阿尔卡季拦住了他，质问杂货商为什么像一堆废物似的生活，还是他自认为以这种方式生活也没问题。贾科莫不懂什么叫撒谎，也不懂人为什么要撒谎。他的脑子以不同于平时的速度转着——确切地说，不是变慢，但仍费了好大的劲才明白了一些事理，尤其是关于人要讲求实际这一点。对贾科莫来说，白天还好些，但在夜晚却如同身陷地狱。他究竟是怎么活下来的，竟然没被人家撕成碎片？他简直是个累赘，拿的都是必须得付钱的玩意儿，买的还都是毫无意义的东西。他教会了阿尔卡季耐心，贾科莫啧啧地望着他，说："阿尔卡季是个好人。"好人其实是贾科莫，他能毫不犹豫地宽恕他人。骗子不会真诚待人；嘲笑别人的人不会真诚待人；强行索要施舍的乞丐，他们也不会真诚待人。

他们的另一个小伙伴是一条维兹拉猎犬[①]，一只深黄色的小狗，不知从哪一天起跟在阿尔卡季和贾科莫的屁股后面，不论阿尔卡季做出多么凶巴巴的样子，都赶不走它。由于别人理解不了贾科莫杂乱的语言，他很难找一份挣钱的工作。所以说，这条狗对阿尔卡季来说不过是多了一张嘴要养活。但莱波雷洛赖着不走和摇尾巴的样子很讨人喜欢，瞧它那样子，好像从前是一位绅士，说不定哪一天又

---

① 一种匈牙利猎狗。——译者注

恢复了当初的气派。维兹拉猎犬总要等阿尔卡季和贾科莫吃完了他们想办法搞来的食品，才肯吃自己的那一份。虽说贾科莫常常硬要这狗先吃，这种情况下，它往往吃最小的一份，多一口都不碰。贾科莫为它取了一个名字，叫莱波雷洛。偶尔碰上莱波雷洛开心，它常常玩后空翻，向过路的人讨钱。不过，你别想让它按你的要求表演节目。它会摆出一副“绝对没门儿”的表情，像是要阿尔卡季明白艺术家和普通的卖艺人之间的区别。

他们三个在城市边缘的一栋楼安了身。这栋楼窗外的景色美得不可方物，放眼绵延数英里[①]的沼泽地，连片淹溺的尸体就像泥浆，就算不十分干净，由于沼泽会流入大海，以后也会变得清澈。

有一天，阿尔卡季出门打他的三份工，贾科莫走了老远的一段路回来，谁知却走错了楼层，意外打开了并非他和阿尔卡季、莱波雷洛同住的公寓门。租户不在家，所以，贾科莫爱怎么看就怎么看，想拿什么就拿什么。但他却选择透过一扇新窗户看风景，那是他带走的唯一一样东西。他欣赏了十分钟窗外的大海。他很快发现，那把钥匙能打开这栋楼的每一扇门——房东没料到房客突发奇想，用自

---

① 1 英里约等于 1.6 公里。——编者注

已的钥匙开别人家的门。贾科莫对阿尔卡季说了他的发现，阿尔卡季答应换个门锁。他们生怕没准儿哪一天横尸在床！他们随时可能遭人抢劫！生活在暴君的统治之下，被慢慢地敲骨吸髓，已经够糟的了，但现在连邻居也能打他们的主意……

贾科莫哈哈大笑，拽着阿尔卡季进了楼上两家租户之间一间空置的公寓。月光掠过他们的脸，莱波雷洛对着月亮吼了几声。其他住户仍在仔细地认着自家的门洞，又忙又累，哪儿也不想去，一心想着赶快回家。

贾科莫要阿尔卡季放心，他会非常非常小心地防盗，莱波雷洛也保证帮贾科莫信守诺言，阿尔卡季这才暂时放下了一颗心。他的一项工作是做暴君的医生的助手，这位医生不愿透露自己的真名实姓，只有个外号叫作洛卡姆[①]。她就像这种糖果，跟她接触过的人对她的印象无不是甜美、芳香。“哎呀，这么说你见过她喽……”

洛卡姆保暴君健康、硬朗，也让他害起了相思病。和暴君的妻子一样，洛卡姆没有情人：凡是有望赢得她好感的人无不被立即溺毙。阿尔卡季替洛卡姆打扫房间，为她拎篮子，同时还担任她的实验对象。这是他最喜欢的一项差事，因为他只需按要求坐在一张凳子上，品尝这位医生

---

① 一种土耳其软糖。——译者注

用各种原料配制的五颜六色的软糖。另外还要详细描述每块糖被消化后几分钟身体内的感受，有些糖灼得他五内俱焚，痛到难以形容。但对他来说，准确地描述算不得什么难事，再说这项工作的薪水比另外两份显然俗气得多的工作高了很多。

“张开嘴。”她会说，接着在他舌头上放一块芳香四溢的软糖。他警告自己千万别像其他靠近她十步以内的人那样，但有一次，软糖融化了，他发现自己对着她喃喃道：我记得一天拂晓，我的心被你的一绺秀发拴住了。她一贯的反应是一口回绝，无一例外地指着门口说：“请到那儿处理你的感情。”但这一次，她扯起她披肩的一头，箍着他的脖子，将他越拉越近，拉到看不清她的脸。“听，你听，”她说，“他们被溺死就是因为说得太少了。”

阿尔卡季当然不喜欢这样，但她说的是实情。他以为此事就这样过去了，但他正要走，她却叫他别回来了。她说猜忌给人以非凡的侦察本事，他要想活命的话，最好离暴君远点儿。他不肯，没了她给他开的薪水，他、贾科莫和莱波雷洛的生活难以为继。谁知她却摇了摇头，示意他不要出声。“少说为妙。”说着将一盘软糖往地上一撒，吼道：“你真够笨的！”声音很大，足以让外面的卫兵听见，接着打发他快走，随即又将托盘扔向他，演完了解雇这一幕戏。

当然，他不希望洛卡姆自作主张决定什么才是为他好。如果他想，他可以投河自尽。接下来的几个星期，手头上弥补不了的亏空快把他愁死了，而且只要洛卡姆不开口，就无人愿意聘请他，但洛卡姆不肯卖他这个面子。贾科莫和莱波雷洛越来越沉默寡言，多是呆呆地望着窗外。阿尔卡季知道他们吃不饱，但贾科莫不是那种爱发牢骚的人，再说莱波雷洛也不敢。阿尔卡季一连欠了三个月的房租，三个人被赶出了那幢有贾科莫所爱景色的城郊大楼，贾科莫才稳定了情绪。阿尔卡季找了一间小屋子，室内只有一个做饭的小火炉。这是一间地下室，贾科莫似乎被头顶的一层层楼压垮了。他不愿出门，用手摸着墙，问门在哪里，莱波雷洛领着他走到门口，他却说："这不是门。"然后蜷缩在角落里，双手虔诚地握着一件纪念品——他们以前公寓的钥匙。"这是我们真正居所的钥匙，阿尔卡季……"阿尔卡季真不想听他说那样的话。

贾科莫和莱波雷洛将那把钥匙偷来偷去，莱波雷洛还表演了一套完整的走钢丝，接着踮起后腿，抬起前爪向房东作揖，贾科莫趁这工夫拿着钥匙夺路而逃。贾科莫在脑子里一点点地拼凑起那片景致。有时候，他尽力向阿尔卡季描述他见过的景色，但激动的情绪让他语无伦次。阿尔卡季从贾科莫手中夺过钥匙，打断了他不着边际的胡言乱语，接着一把将钥匙扔进了火里，消除了肆虐他全身、折磨他大脑的渴望。“这就是我们真正的家，贾科莫，这里，一间你自称摸不到门的地下室。”

接着，阿尔卡季不顾莱波雷洛的嚎叫、贾科莫的抽泣，想从火炉里取回钥匙。他伴着早晨绑架美之艾丽妮的念头沉沉睡了过去。皇宫的口令没变，他已经试过了。他能说会道，身手敏捷，行事果断，趁姑娘或别人还没明白是怎么一回事儿，将她控制在手中。他打算要暴君拿开踩住国民脖颈的那只臭脚，放大家一条生路。还有钱，他要索取一大笔赎金，足够买药品、新鲜的肉汤和一张舒适的床，以及他的朋友们渴望的海风。

他梦见那把钥匙在火中翻滚，他梦见一张张面孔在火中咳出了烟，一张张面孔层层叠叠，仿佛重瓣向日葵的花瓣。这时候，警察叫醒了他。他们拿手电筒照着他的眼睛，将他一顿痛打，命令他赶紧认罪，否则他们就真的不客气了。“认什么罪？”见他稀里糊涂，警察冷笑了一声。“认什么罪？”他问。他之前住的那栋楼一夜之间被烧为了平地，是他放的火。当晚有近一半住户在外上夜班，其余的都在家，但有九个人未能逃出，所以他身上背负了九条人命。阿尔卡季一口咬定他没放火，没杀人，他知道自己曾经满怀仇恨，现在也没消气，他想到了那把燃烧的钥匙，但他不能确定……能想起自己回到了城郊，但他不敢确定……他问谁看到他放火了，但警察没告诉他。贾科莫和莱波雷洛一声不吭，这是阿尔卡季最担心的。但他瞅着机会看了他们一眼，发现一名警察不知道怎么拴住了莱波雷洛，给它戴了一个口套，示意只要贾科莫待着别动，一切都好办。阿尔卡季矢口否认了几次后，他的朋友被带出了这间屋子。贾科莫问为什么，却被告知他的朋友杀了人且不肯承认，所以要找他谈谈，直到他承认为止。听了这话，贾科莫转身问阿尔卡季："阿尔卡季怎么可能做出这种事？他那么好的一个人。"阿尔卡季忘了他的话可以被当作呈堂证供，他只想要他的朋友明白，他原本没打算这么做。"我不是有意的，我不知道！"——听了这话，贾科莫点了点头，说："好了，我明白了。"牵莱波雷洛的警官很满意阿尔卡季的认罪状，让狗踮起后腿，拍了拍阿尔卡季的脸、接着又拍了拍他自己的脸。它一连重复了几次，这是要阿尔卡季放心，等真相大白，他又能回到贾科莫的身边。莱波雷洛似乎相信很快就能真相大白，阿尔卡季记得他曾经想办法赶走那条维兹拉小狗，而今却庆幸他没能将它赶走。

虽然看了火中丧生的五男四女的照片后，阿尔卡季失声痛哭，供认不讳，但他的口供却始终不能令人信服。他说错了他放火的时间、确切地点，供词还得要他的前房东补充，前房东当着陪审团的面指认他是罪犯。可阿尔卡季前后矛盾的口供让当局左右为难，不知究竟要不要将他打入专为疯狂至极的禽兽准备的牢房，这种牢房里关的，都是你完全不知道他们什么时候会干出什么事的人。

阿尔卡季每餐有人送饭，他的牢房没附带盥洗室，没办法解决卫生问题。他的囚室牢不可破，四周围了一圈复杂的机关和警报器。除非拿专用钥匙打开主锁，否则他别想活着出那间囚室。他不必再做一长串的心算，减着花在食品上的钱数。过了几天，他总算明白了过来，不再想着贾科莫和莱波雷洛在相邻的囚室里悲切切地瞪着眼睛。如果不是面临牢狱之灾，那该有多好，贾科莫只希望阿尔卡季敢肯定地说这桩惨案不是他犯下的。

暴君掌管着阿尔卡季囚室的钥匙，动不动就过去视察，拿鸡毛蒜皮的事嘲弄他。他对曾经关在这间囚室内的其他亡命之徒犯下的罪行不感兴趣，所以他们一概被溺毙了。他这个人一贯在给犯人安一个莫须有的罪名、将人就地正法后直接去睡觉，但唯独阿尔卡季另当别论，暴君认为要跟他好好谈谈。阿尔卡季懒得理会他提的问题，暴君每次向他道别的时候，他常常变着花样反问的一句是：“你不应该和我一块儿待在这间囚室吗？你这个浑蛋。”这句话无意中赢得了看守的敬佩。按暴君的命令，看守要扣下阿尔卡季的饭，惩罚他以下犯上；但只要他们有吃的，就从不饿着他。一天夜里，阿尔卡季甚至听一名看守说怀疑他是否犯下了这桩罪行。这名看守说起用一把钥匙能将门全部打开的大楼。他听说过那种钥匙，但其他看守却打断了他："你能不能别再说这种无稽之谈了，有完没完啊……根本不可能有房东会那样管理住宅。"

洛卡姆答应嫁给暴君，条件是他不准再动不动就将人溺毙。他将艾丽妮一世和美之艾丽妮送到了一个邻国，以便他开启新生活，免得她们碍手碍脚。过了好长一段时间，暴君才露面，告诉了阿尔卡季这个消息，又说他弄丢了阿尔卡季囚室的钥匙，而且没人配得了，因为他几年前就将唯一一个身怀这门绝技的人溺死了。洛卡姆认为溺毙只能适得其反，暴君也意识到了。"对此我深表歉意，"他说，"说不定它哪一天又出现了。但你不如这样想吧，反正你要在这儿待一辈子。"

"没问题。"阿尔卡季说。由于这大概是暴君最后一次来看他，他随口说了一句："请代我向洛卡姆问好。"

暴君扫了一眼监狱看守，想问问他们是否听到阿尔卡季刚才说的话。"他刚才是不是舔嘴唇来着？"他心中一惊，问道。看守们都说他们不知道，说他们一直在查看周边区域，寻找可能的威胁。

“嗯……撬开那把锁，让这间囚室弄死他。”暴君临走时下令。看守们一致决定留到明天再说，暴君也并非没听见他们要再考虑他活到几时的决定。第二天，暴君没传令过来，看守们于是决定再考虑一晚。就这样推了一晚又一晚，最后直接决定不打算从命。这是起义的第一步，但他们发现违抗圣命并不能立即撼动这个世界……监狱看守们小心地试探了皇宫里和值守边境的同人，从而悄悄展开了一场步步为营的出逃。

邻国接纳了这些出逃者，有了他们，邻国可以趁机推翻暴君的政权，同时捉弄他一把，让他的国土人去楼空。如果暴君注意到大街小巷比以往清静，那他会暗想：“哼，我莫不是当真淹死了太多人了吧，莫不是……”他恐怕不能像活下来的人一样多少注意到沼泽地的范围越伸越远，慢慢地将住宅、电影院、蔬果超市、餐厅、音乐厅，淹没在水里。如果你登高放眼望去（他从没这么做过），可见沼泽里的民众清理他们的腿脚和头发，积极地互相传递身体部件和钥匙，又回到了他们的家，重新种起庄稼，将田地物尽其用。

与此同时，暴君庆幸解决了阿尔卡季。他反感洛卡姆请求饶阿尔卡季一命，更不把她的求情放在心上。他认为他们两人之间不存在风流韵事（那个瘦高的纵火犯只能在梦中受到洛卡姆的垂青）。但洛卡姆的一举一动与艾丽妮一世爱过的男人何其相似。这些人究竟怎么了？

婚礼那天，暴君用火点燃了洛卡姆。拜阿尔卡季所赐，火如今成了暴君杀人手段的首选。他逼着她走到横跨沼泽地的那座最长的大桥的尽头，给她身上的衣服浸透了汽油，点着了火。他还真没考虑到为自己防火，所以这起事件被当作一起未遂谋杀和自杀。"未遂"在于暴君在她被点燃之后正要逃离，着了火的女人追上他，喊出她刚刚发现的一件非常有趣的事。暴君不能杀她，他决不能杀她……她搂着他，拿他喂他点起的火。他跳进沼泽的时候还剩一口气，但被他下令溺毙的人怀恨在心，又把他推上了陆地，他躺在岸上被活活烧死，新娘却一路一片片地扯下烧焦的婚纱，向城里走去。她换了一套衣服，带上食物去监狱。阿尔卡季一个人坐在那里，对着一堆看守们出走时留给他的违禁出版物苦思冥想。不等阿尔卡季感谢洛卡姆送来的食物（另外他希望她能来陪她），她连忙说："请稍等。"话没说完又跑了出去，一小时后，她带来了他的两位朋友。莱波雷洛握了握阿尔卡季的手，贾科莫则舔了舔他的脸：这是他们发誓下次见到阿尔卡季一定要开的一个玩笑，他们认为这是一个相当好笑的笑话。阿尔卡季大声向洛卡姆道谢，但她这次无意久留。"我们得把你救出来。"说完，她又出了牢房。

“秋天到了，不是吗？”阿尔卡季问贾科莫。他看见了贾科莫湿淋淋的鞋和莱波雷洛湿漉漉的爪子，但他打算等吃完了再问问是怎么回事。

“对呀！你咋知道的？”

“我也说不清为啥会知道。你能给我带些树叶来吗？一把就行……”

贾科莫搂了一抱五彩斑斓的树叶，莱波雷洛一阵风似的从中冲了过去，殷红、深棕的各色树叶从监狱的栅栏间隙飘了进去。

“贾科莫？”

“怎么了，阿尔卡季？”

“我从这里逃出去也没问题吗？我们以前的邻居……”

“那儿发生了火灾，他们没逃出去。如果逃得了，他们早逃出去了，但他们逃不出，所以才被烧死。你要是能逃，那么你也应该逃。”

“但是，我应该对这事负责吗？”

贾科莫没说应该，也没说不应该，而是试图将一枚树叶放在莱波雷洛的鼻尖上。

好久没提起美之艾丽妮了。这几个月，她一直快快乐乐地生活在一座大城市，她碰到的人，这么说吧，多半和她一样面无表情。她开了一家小而温馨的饮品店，每天在忙碌的生意间隙，会与顾客聊聊那些少有人知的事情。母女俩来到这座新城市后不久，母亲就落水而死：这兴许是一个意外，但艾丽妮却不这么认为。多瑙河流经她们安家的这座新城市，她母亲常说，如果她有一天会死在河里的话，她希望是多瑙河，让一条水路将她的尸体带到喀尔巴阡山脉[①]，往前与伊斯克河[②]交汇，横贯巴尔干山脉，洗刷着她，洗刷着她，一直洗刷掉她全部生命的痕迹。然后让伊斯克河将她送到高高的一片山坡，一片非常古老的林中空地，让她躺在开满雪白小花的草地上。或者说，如果她能留在多瑙河里，让河水带着她沿数英里的运河去捡黑林山[③]的松针，捡到她抱不下为止……

想起母亲的话，美之艾丽妮溯河而上，将母亲的骨灰投进了河水的怀抱。从父亲领土来的人频频光顾她的酒吧，他们谈起引她好奇的故事，肆无忌惮地咒骂暴君。如果这些人说的都是真的，那么暴君将人溺毙的事已经走到了尽头。据说她父亲的领土如今多半沉到了水底，那里成了没

① 属于欧洲中部山系的东段部分，在多瑙河中游以北。西起奥地利与斯洛伐克边界多瑙河峡谷，向东呈弧形延伸，经波兰、乌克兰边境至罗马尼亚西南的多瑙河谷的铁门峡谷。——译者注

② 位于保加利亚西部的多瑙河支流。——译者注

③ 德国巴登－符腾堡州东部林区。——译者注

有国王、没有国旗、没有士兵，只剩溺亡者的国家，好像他们在水下过得很幸福。艾丽妮听说还剩几块没被淹没的陆地，其中一块因一座大监狱闻名于世。对艾丽妮说这番话的男人犹豫了一阵，才问能否为她请她喝一杯，她犹豫了好一阵才答应。他人长得帅气，但身上古龙水的味道，让她联想到放高利贷的。即便如此，难道放高利贷的人就不能是一位温柔体贴的男友吗——退一万步说，床上功夫行不行？

“嘿，恕我冒昧，打扰一下。”刚进来的这位性感迷人的客人说。艾丽妮在吧台前找了一张凳子，挨着这个放高利贷的：“我们能借一步说话吗？”

洛卡姆只想了解艾丽妮出皇宫的时候带了什么东西。艾丽妮既没空也无心为父亲的玩物列一份清单。但洛卡姆又换了个问法，问艾丽妮出皇宫的时候，是否带了父亲的什么东西。紧接着，艾丽妮想起了那把钥匙。艾丽妮见屉柜上放着个铁家伙，比她见过的大多数钥匙大，但还是能装进口袋里，她和父亲道别的时候，希望最后给他添一次乱。

艾丽妮和洛卡姆快到监狱大门的时候，艾丽妮望了一眼小船外，只见母亲进了这栋建筑周围的淹城。她并非一个人；她身边还有一个男人，艾丽妮想见但又从未见过的人。他们双双挥着手，艾丽妮一世伸出一根手指，依依不舍地拍着一个看不见的小宝宝，不难看出这个动作是期盼自己能有个外孙。“真好。”美之艾丽妮喃喃地说着，扭头进了小船，装作没看见这最后一幕。

PRESENCE

身临其境

吉尔·阿克曼的丈夫这几周一直有话要跟她谈，她百分之两百地肯定不会是什么好话。迹象很微妙，但她是一位心理学家呀，他也是。她曾觉得这是她最苦的一段婚姻。夏季假日前一个月，他忙得几乎不着家，等他回来了，她却以他们家里不成文的约定为由，暂缓这次谈话。他们说好在床笫之间或厨房里不说重话。虽说谁也没定过这些规矩，但由于这成了他们一部分行为准则，为了维护饭菜的清香和梦乡的纯洁，吉尔和雅各布各自尽着己方的这一部分责任。卧室和厨房内的对话一向轻松愉快，因此在不上班的时间，她尽可能地待在这两个地方。雅各布按她的意愿装修了这栋宅子：并没做多大的改动，不过是多加了几道门而已。她认为房间少说也要两道门，这样才有选择，免得二人只能从同一道门进出。在卧室里，她拿着书和小玩意儿从床上转到了地板，又从地板回到床上。性生活是不可能有的。他甚至一句话不问，就只是饶有兴致地望着她。在厨房里，她开心地洗涮，磨刀，磨到刀快断了才肯罢手。雅各布为她买了许多礼物，他诙谐的独白，听得她懵懵懂懂，但她生怕他再补充一句："我们去客厅待一会儿，好吗？"

他还真在客厅逮着过她一次，但她飞快地沿着墙边从最近的一扇门跑了出去，还无意中顺带打破了他们蜜月期间共同买回来的一只彩绘罐子。

吉尔倒不怕听听别人的意见，但思来想去，最后觉得还是不跟外人提及这段婚姻为好：不跟她的咨询师提这茬儿，也不必对莉娜或萨姆说雅各布打算要抛弃她。她不希望他这么做，这是她的第三段婚姻，他的第二段；她清楚这种事的结果。她是在晚餐上结识雅各布的新同事的，这位同事叫维维亚娜，衣着考究，嗓音沙哑，是个一向讨人喜欢的朋友。许多话题她都聊得头头是道，同时又爱打听别的话题。吉尔不知不觉和雅各布一样，喊她"维"，维离席接了好长一段时间的电话，吉尔压着嗓子问雅各布："你没发现她迷上你了吗？"

雅各布哈哈大笑，探身将嘴唇深情款款地凑向她，但她拿起一截面包，将他的脸推开。"你没听见我刚才说的话吧？"

他又探过身，这次并没近到能吻上她，但近到她的身影几乎全都映在他的瞳孔上。这个过了四十二岁的女人，生了一对漂亮的奶子。"听见了，你说你认为维迷上我了。"

“我敢百分之两百地肯定。”

“百分之两百？就算你说得对，我也不予理会，吉。”

除了吉和维，他还喊第一任妻子迪伊。[①]

“你干吗不好好利用这个机会跟她私奔，就像你一直希望的，成就你们这对漂亮、聪明的黑夫妻呢？”

吉尔的第一任和第二任丈夫麦克斯和萨姆都是白人，萨姆比吉尔小好几岁，但他和麦克斯都比她要显老。对了，不是老成，完全是比她老气。但她和雅各布在一块儿，两个人看起来却年纪相仿。他们到底多大年纪？如果不认识他们俩，你甚至都说不出个大概。雅各布拿起自己的长面包，掰了一半，用另一半戳了戳她的胳膊，问：“你非要在这儿跟我掰扯这事吗？”

他难得安慰她一回。鉴于他为了朋友、亲人、客户们开心而付出的心血，她不知对此该怎样看待。吉尔和他在一起的时候，常常想不通他究竟是不是上天派来毁掉她的。她花了一段时间，请他品尝了她也参股的温室产出的第一锅茶叶——有着春草般香甜的“春眉”茶。他莫名其妙地用牛仔裤搭配了一件牛仔衬衫，在楼下闲逛，从她手中接过茶杯，囫囵地喝下一大口。“这茶何以胜过一杯上好的

---

① “吉”（J）、“维”（Vi）与“迪伊”（Dee）三个昵称均为雅各布取三个人名的首字母的谐音简称。——编者注

泰特利[①]？”

粗俗的趣味和牛仔配牛仔的品位让吉尔恨得牙痒痒，咬了两分钟的牙。雅各布有充分的时间低头看着吉尔优哉游哉地走了出去。他做的事，他心里有数！她十八九岁那时候，并没有刻意培养敏锐的嗅觉，见雅各布·华莱士身上的味道像极了刚吹灭的蜡烛，她不再竭力按捺对他的爱。但他要是心思不在此，那还不如干脆走人。他对夫妻俩共同的银行账户的贡献是她的三倍，不过，家里少了手工地毯，出国不住时尚酒店，她也能过得下去。少了雅各布却能让她憋闷好些日子，所以，不行，她可不能便宜了他，由着他就这么拍拍屁股走人。

暑假前一个星期，雅各布可以说是都在地铁站死守着吉尔。她正在给她的牡蛎卡[②]充上够用一个月的钱，一只胳膊揽过她的脖子，只听丈夫埋怨道：“吉尔，吉尔……你可别再拒绝了。我要问你个事情……”

她原本可以假装吓坏了，照着他的腹股沟用胳膊肘撞过去，但她却别过头，咬着牙说：“是谁先提出结婚的，嗯？你干吗不先去找人问问，再回来跟我说？”

她不想就那样轻易放过他，但他最好也别以为她缠着

---

① 一种英国平民茶叶品牌。——译者注
② 伦敦公交卡。——译者注

他不放！她如果不想一个人过，大可以再嫁人。

（吉尔那天在他们的朋友玛丽的面包店外碰见了麦克斯，他双手抓住她的肩膀，长久深情地凝望着她，说："天哪，你老得真快。幸亏我离开得早，对吧？"而他的眼睛却与他的话相矛盾。倒不是吉尔不愿回心转意，她与麦克斯的婚姻堪称天作之合。她的新公婆、叔伯、小姑几乎人人是瑞士的银行家，让她觉得忐忑不安，再说她和麦克斯以前总是彻夜争吵不休。如果她以麦克斯昨天才说过的话反驳他自己恬不知耻的修正论，他不是"担心"她走极端，就是从人家那儿听来的流言蜚语加以反唇相讥……不知究竟是他信口胡诌，还是仅仅留着这些话等着要她好看。她始终爱着麦克斯，却也渐渐懒得惦记他了。）

吉尔走向堆了一摞《旗帜晚报》的蓝色报摊，雅各布连忙把自己的一份递了过来。

"我知道结婚是谁的主意，"他说，"用不着到处打听——我在场，你也在场，不过是伦敦市千千万万个美女中的一个，跟你一位最好的朋友醉倒在沙发上……"

"对不起……那位密友恐怕被彻底断片儿了，不过你看连我这个酒量好的当时都有些飘了。再说你别忘了提一句，这位密友是一个算得上标致的男人，我们相识二十八年，他从未打过我的主意……"

"他兴许不敢太明显了。杰克和吉尔？嗯，你们俩都是三十九岁的人了，年富力强又多金，所以这个男人鼓起勇气说……等等，我刚才说了什么来着？”

你是不是以为，我们会掏心掏肺地爱一个人，那个人却不明白我们的心？那是雅各布的原话，她盯着他，问他有没有奇闻异事要告诉她。但愿他别说。收集奇闻异事说给她听成了他的一项正经差事，她为什么不能偷个闲？雅各布回答道，他正要说稀奇古怪的事呢，但也不是太奇怪，他要说的事也许听来不够有悖常理，对别人来说也许只是一桩寻常事罢了。

“我们结婚吧，趁还来得及，生几个漂亮的亚非混血宝宝。”她点头要他接着说的时候，雅各布脱口而出。吉尔伸手为他们俩的酒杯添上酒。生孩子已经没机会了。她跟前两任丈夫半真半假地说过不知多少次，想要孩子得等“战争结束”。可惜眼下展开的战争毫无结束的迹象，看来无论从心理还是生理上，她都怀不上孩子。那恐怕就是命吧。

“我不打算嫁给你，老兄。”

“哦。那是……啊，请问为什么？因为我说了‘亚非混血’？因为我们认识得还不够久？”

她心里头答道：因为我总不能一而再再而三地结婚吧，还因为你也是结过一次婚的人，竟然现在才想起来我们当初就应该凑一对儿，这真让我恼火。

她大声说，他们年纪都老大不小了，再说也用不着婚嫁。她说，如果他想来看她，两个人约约会就行了。她说这个问题还是等明天再说吧。说不定转天一觉醒来，就会明白自己想结婚的原因，竟然只是烧酒喝得太多了。

“这对求婚被拒的人不好吧，”雅各布说着，坐在她旁边的地铁座位，“他想娶这个女人多少年了，那时候他还是个小孩子，不懂谈婚论嫁呢……所以他当天晚上又求了一次。他说，孩子的事可以不提，接着，他又思索一番，唱起了那首烂俗无比的韩语歌曲……”

姑娘小伙、男男女女们都在看着他俩，雅各布难道要在地铁上唱《我这年纪怎么啦》（*What's Wrong with My Age*）？他们都在看，因为他根本就懒得放低嗓子。

不过，她为《我这年纪怎么啦》鸣不平。“这不是一首烂俗歌曲！因为你唱，它才烂俗、才油腻的。我喜欢那首歌。”

“我也喜欢。不过，它怕是本来就油腻，吉。”

雅各布转向吉尔，张开胳膊，对着镜子，久久地一动不动，用韩语唱起了这首歌。她听着听着，歌词不知不觉也跃上了她的嘴唇，他激她否认他错过了谈情说爱的年纪时，她只是含笑听他的言语。

听他唱着歌，她若有所悟。他从未想过丢下她。他每每有话要问她，说的都是别的事儿。她伸出一根手指拦住他的嘴："等他们结婚了，他们的父母和亲朋好友从教堂的长凳上起立，同声唱起《终于》[①]……"但雅各布半真半假地跟她开了个玩笑，接着说："嘿！嘿，吉尔。你不想要我了？"

她没回答他。她早些日子了解到，他天生是一台近乎完美的测谎仪，她突然又吃不准，前几个星期重回单身的努力，究竟是否如愿将自己铸成了他的翻版。怪只怪吉尔（主动与被动）的离别经历，让她现在跟谁都过不到一块儿。

她和雅各布平生害怕的是同一件事：被认为不配和亲人同在一个家。他俩都是被收养的孩子。虽说没人当着他的面说他们不配，但大人觉得他们"不合适"。这事儿由大人说了算，所以提到"配与不配"的问题时，他们说的是孩子。这让雅各布、吉尔和莉娜（在那段短暂却又美好的日子里，莉娜是同为收养来的吉尔的姐姐）恨不得离家出走或被人遗弃。雅各布极其能干，有他在身边，你什么都不用愁，因为他都能替你摆平——不论凭他能说多国语言的本事，还是他"自信乐观"的气场。莉娜一副天王老子的态度，她后脑勺上经常架一副墨镜，戴着一枚写着"地狱"的徽章，只要有人问她"来自哪里"，她都会敲

① 《终于》（*At Last*）是美国女歌手埃塔·詹姆斯（Etta James, 1938.1.25—2012.1.20）的歌曲。——编者注

一敲。她分明是一个你可以信赖的人，让人觉得她犯错后总能改过自新。吉尔给人的印象却是一个乖乖女，有着小鸟依人的假象。哎呀，我是一只小山雀，要是不躲在你温暖的翅膀下，我恐怕都过不了这个冬天。就凭这一招，她的伪装即可见效。

他们去最喜欢的饭馆吃饭——一举两得：既吃到了美味的炭烤花茎甘蓝，又能讨论雅各布的问题，省得把这事儿带回家。雅各布提议将他们的夏季假期投入他的一个项目中，去当一名丧葬策划人，这是他在考虑的一件事。所以说，这才是症结，他考虑了几个星期的这个问题。放弃你的假期来试运作我的项目，你没意见吧？他还得绕着弯儿问她，这让她好不尴尬，可这算不上一个难以启齿的问题，就好比跟一位慷慨的合作者成交一笔交易，轻而易举。其实，她已无条件地将他视为自己的靠山，她认为自己已很有分寸地表达了这一点。现在她耐着性子，好不容易听他说完。他的项目专注于他许多客户自称的亲身经历。“用一句话概括我下的定义吧，这种经历表现为……一种记忆的内爆。患者在逐步化作碎片的过程中，会平静地产生一种坚定的信念：他们并非孤身一人。据说这种存在并不是鬼魂，而是活生生的人……守孝的人觉得仿佛回到了亲人尚在人世的日子，或者亡人刚刚重返人间那一刻或那几小时……耐人寻味的是，人们经历的这些短暂记忆丧失，多半是在极为相似的身体状况下发生的。”

“这么说，你总结出了一套引导别人感知……鬼魂的方案喽？”

“这个嘛，恰恰是我们致力的目标，无非是为了偶尔需要那种心绪、但凭一己之力又办不到的居丧者。我们称之为‘身临其境’。我们现在拉到了赞助……”

“你这个猴精。”

“其实是维拉来的赞助。她是这方面的高手，世界各地都有关系。”

“我敢肯定，这不过是维的冰山一角。”她连忙盘算了一下维维亚娜和雅各布之间关系的新消息对她的打击程度。萨姆有过风流韵事，吉尔将之看作划清界限的手段，采取措施打消人家能打听到你“老底”的这一顾虑。吉尔只顾着理解事情时从不气恼，但一想到雅各布和维之间种种快乐的小秘密，心里就堵得慌。她觉得仿佛快要窒息，将手垫在屁股底下，压制着它们的挣扎、扭动。雅各布越往下说他的实验方案，她越是怀疑自己当初的顾虑纯属多余。她明白，雅各布真的愿意做一个他自己的实验品，不过，这恐怕也是抛弃吉尔的第一次实战演习。

“行，交给我好了。但要我过上假装没有你的两个礼拜，这个要求有点过分了，所以请你先告诉我：你当真没考虑过要抛弃我吗？”她问。

他脸上又掠过一丝开心的神色：“你好好想想这句话，吉尔·阿克曼。我不会抛弃你。但你……你会抛弃我吗？”

“我不会抛弃你，雅各布·华莱士。”

他用测谎仪般的审视，测试了她的表情、态度和措辞。她通过了。他的眼光柔和了许多。

“还记得那位说我们过于依赖彼此的心理学家吗？”跟吉尔和最终收养了她的夫妇一起学韩语的小伙子问。她父母希望家里添一门新语言技能，雅各布也学过韩语，所以他也成了他们家的一分子，如今他已做了大半辈子阿克曼家的荣誉成员。

“对……我们的成功都是他的功劳。”

“兴许被他说中了。”雅各布说。

“怎么说？”

“我不过是说……如果这是件好事儿，说不定会被轻易放弃。”

她为他添上红酒，为“过分的依赖”而干杯。接着他对她说了测试“身临其境”的细节。他们需要两个基地。雅各布待在他们位于荷兰公园的家，陪着吉尔的投影；吉尔则要待在她位于卡特福德[①]的公寓，这是麦克斯留给她

① 英国伦敦东南部地名。——译者注

的分手礼物。她本想一口回绝，但那就意味着又要跟他起争执。吉尔现在的房客去了布拉格，要到秋天才回来，她打电话问他们，能否让她在这套公寓暂住两个星期，他们满口答应。“不弄坏东西就行……”拉达说。工人来公寓调整了电线线路，将毒气罐似的东西埋进了墙里。雅各布列了满满一张纸，告诉她要多加注意的可有可无的事项。

“这是一趟为期两周的迷幻之旅，对吧？”

雅各布只说了一句：“真不是。你等着瞧好了。”

两处房子经过必要的改装后，吉尔和雅各布录了三段对话，旨在让守丧的人记住那些交流，也就是将我们和朋友、家人间的日常交流一遍遍地重复再重复，重温我们之间的往事，证明我们还记得这些事，不会也不能忘了他们。维在雅各布办公室架了一台摄影机，将镜头对准雅各布的脸，拍摄他和吉尔重复他们在地铁上说的那段对话，结婚究竟是谁的主意。他们又说了互相之间的第一印象，等到拍摄第三段对话，他们都想不起来还有什么要说的，于是三言两语，草草了事。性生活回到他们家的每一间屋子，两个人的汗水与夏天的暑气交织。

维转天提交了一份文稿，记录了他们在雅各布办公室拍摄的对话中双方说的话，吉尔气坏了。（维莫非是要他们明白，他们所说的话等于他们的真情实感？）事后她才想起，他们还要在吉尔的办公室重拍这三段对话，镜头这次对着吉尔的脸。他们还得努力将这三段对话同步。如果她或雅各布在各自的基地“领会”不了对方，还得戴上耳机，重现这段对话，按各自的记忆扮演自己的角色，回答对方的提问。

雅各布和维一到吉尔工作的监狱，就给她打了电话。电话来得真不是时候，吉尔刚才无意中跟典狱长对望了一眼，采取了这种时候的一贯做法——绕过最近的一个角落藏起来。她心里明白，典狱长认为她没能力。当然，他指的不是吉尔这个人，而是她在监狱这个组织内的职责。“每周给年轻犯人半小时的时间，让他们在一台彩色打字机上敲出一幅深红色的风景画，当真能将他们变成好公民？”这不能说是对她工作的公平公正的总结，但吉尔唯一的回答是继续干活，做一个乖乖的好员工，一直到突然遇到官僚主义的障碍。只需要解决这个障碍，她就又成了一个好人，比从前更好。她和雅各布对着镜头重复了这三段对话，各自回去工作。

男孩们都干了些什么，或者能承认什么，吉尔反正清清楚楚。他们都接受了改造；只要他们肯说真心话，都可以找她谈。他们说的每一句话都录了音，她的办公室只要有一个小伙子在，门就始终开着。门口还另配了一名保安以备不测，但她和这些小伙子之间基本不会出现什么问题。

许多小伙子都亲切地喊她“小姐”。小姐，你说，有谁对你无礼吗？你把他的名字告诉我。她就像他们喜欢的一位老师。尽管他们在办公室里独处时讲出的事儿能吓得她浑身发软，她还是对他们充满希望，希望他们有一天能改邪归正。

她最惦记的要数本和所罗门这两个小伙子的进步。那天下午，他们前后脚地来找她。本是个非常内向的小伙子，相对来说，能很好地适应监禁，态度还算温和。只要能让他吐露哪怕一点儿真情，她也能巩固自己对他监狱适应良好以及性格温和的印象，或改变他对抗的情绪。他会说话，你对他说的话，他都听得懂，但他太内向了，看他的样子，都不知道他有没有大声说过话。只要叫他回答问题，他都会一头恼火地说：“我不是回答了吗，小姐……”

本的牢房里最近发现了一部手机。手机上既没有通话记录，也不见短信。没人说得清本从哪儿搞来的这部手机，但要查出他拿了多久却不难，因为手机里满满一相册都是他的自拍，张张照片都是同一个姿势——剪刀手，只不过背景不同罢了。他偏爱空荡荡的屋子，背景偶尔是恨不得要砸扁彼此脑袋的两三名狱友。

所罗门跟她无话不谈，但这并不等于她更了解他。他的履历很奇怪，履历中表明，他是最近才走上的犯罪道路。他人生的头十五年可谓清清白白，有一天，他接触了一帮动不动就把他揍得死去活来的混混，后来却加入了这个团伙，甚至混成了他们的老大。他对这一转变的解释是："时机到了而已。"

吉尔知道所罗门的弟弟与病魔斗争了许多年，所罗门十三岁那年，他弟弟的脑瘤开始好转。所罗门走上暴力犯罪的道路，恰好赶上医生查出他弟弟脑袋里的癌细胞再次扩散。这让吉尔为所罗门担心，又对他有所忌惮。他承认他希望帮弟弟，但却不愿多说。他就像童话中的小伙子，前面有许多台阶要爬，容不得他后退，不管他人对自己的看法，最后一切终于有了回报。所罗门刚听家人说，他弟弟的肿瘤又开始好转。可惜这小伙子却并没放下心头的包袱，这个消息反而使他眼中的神情越发专注。吉尔想办法了解所罗门的人生时看出了这一点：你弟弟偏巧病魔缠身，饱受疾苦，所以你任性加害他人，为你弟弟赢得一点慰藉。倘若如此，那所罗门最终会为了救弟弟一条命，不得不滥杀无辜。她对他多半是旁敲侧击，旨在扳倒他确立的逻辑阵地。她时不时地能看到效果，他对自己所作所为略有悔意的时候，常常会失声痛哭。他不是一个爱哭鼻子的人，所以录像带上看不出他的悔意。关于是否赞成提前一年释放他的问题，她自己也犹豫不决。他今后会痛恨阿克曼医生这个不仁不义的朋友，再加上可能会一时鬼迷心窍、固执己见，他说不定会认准要为弟弟杀的人应该是她。她敢百分之百地肯定，绝对会出这种事，只是不清楚这个小伙子被羁押前究竟走到了哪一步，究竟还会做出什么伤天害理的事。兴许什么事也不会出，兴许什么事也不会出……

再说提出这种可能性是吉尔的责任，随着日子的临近，她要在报告中列出。

“假期愉快，阿克曼医生。”所罗门在会面临近结束时说。唯独这个小伙子认为他们今后两周不会再见面。

吉尔拎着手提箱去了卡特福德的公寓，在“身临其境”实验计划开始的当天晚上就在那里过夜。对她来说，雅各布还不是死人一个，于是两个人在手机上隔空玩起了暧昧。吉尔得到了拉达和默娜的许可，撤下所有有碍雅各布“现身”的照片，所以她一边跟丈夫说话，一边走过房间，将这对爱侣、她们的木偶和人类朋友（分不清谁跟谁）的照片丢进了首饰盒。她听不见麦克斯瓮声瓮气的喊叫或自己疯狂的尖叫，她走进准备过夜的卧室，一时起了趁晚上对麦克斯动手的念头，她发现满满一卧室的舞台道具。硬纸板拼的、木头刻的、布缝的，还有演影子戏的丝绸幕布。“搞得这儿现在跟演全武行似的，”吉尔对雅各布说完，打开冰箱，发现里面塞满了一瓶瓶叫KOFOLA[①]的饮料，

① 一种捷克软饮料。——译者注

“我在想啊，你在那儿感知我的‘身临其境’，是不是比我在这里感知你要容易得多？你从没来过这里。”

“我也很好奇，”雅各布说，“使用‘身临其境’的人兴许需要能随身携带，在一个新的地方使用它……”

一晃就到了午夜。她环顾了一眼淡蓝色的四壁，然后向窗外的公共花园望去。晚风徐来，花儿怒放。

“要我按……开关什么的启动吗？”

“维可以远程启动。”

“给我们俩都打开？”

“对……晚安，吉。”

“晚安。”

她拉上窗帘，关了灯，随即被一波眼睛难以适应的黑暗击倒在床上。她觉得已经晕倒……她喜欢那种晕倒，躁动的夜色沐浴着她的眼帘。过了一两小时她拿起手机，凑到眼前查看时间，却什么也看不见，还不如睡觉。

一觉醒来，她觉得凉飕飕的；她的脚伸到了被子外面。想必有一个脑袋一直睡在她旁边的枕头上，因为此刻枕头上有一个清晰可见的凹痕。她拿起笔记本，记了下来。就算这些印迹是她自己留下的，她也感到并非独自入眠。现在是十二点半，是她最近醒得最晚的一次，室内温度在七月天的午后不常见。温度低，她感觉到的温度更低。她看了眼温度计，记下了温度。她套上了两件上衣，戴上耳机，泡上茶，在她的电脑屏幕上点开第一个录音对话。屏幕上出现了雅各布，对她有说有笑。她听见自己压着嗓子回答他：“……因为你唱，它才烂俗、才油腻的。我喜欢那首歌……”她清楚地记得那段话，在录音播放前说了出来，可惜寒气冻得她站不稳脚，唯有去听，去看，却参与不得。她在笔记本上的其他事项后又添上了这段体会。

她去了一趟塞文欧克斯[①]的温室后才发现：她并不是在十二点半醒的，现在离十二点半还有俩小时呢。她在列车上看了手机，发现时间变了，她问了另外五位地面上的乘客，不，是六位……对，对，真的是十点半。萨姆和莉娜都在温室，在旋转灯下侍弄茶树。两人穿着同色的印花长筒雨靴，萨姆知道她要取笑他们，来了个先发制人：“对，我知道，我们特别般配。”

吉尔犹豫了好一阵，才对他们说起了“身临其境”。要是他们说：“雅各布？雅各布是谁来着？”或者用充满同情的语气提醒她，雅各布都“走”了好几个月了，那该怎么办？她吞吞吐吐地告诉他们，她刚从冰窖走进阳光明媚的七月天，公寓里的时间跟外面不一样。对了，他们是

① 英国英格兰东南区肯特郡的一个非都市区。——编者注

她的朋友。如果你神志不清，你的朋友有权知道。但她看似神志还算清醒。莉娜和萨姆憋了一肚子话要问，莉娜不停地查看她的瞳孔，两人都想过去看看她的公寓，核实一下她的经历。莉娜最感兴趣的是几面挂钟。

“它们显示的都是十二点半？你听到钟走的嘀嗒声了吗？”

“我再想想，没……没听到嘀嗒声。”

而萨姆好奇的是冷。

“你跟雅各布说……他没准要测试你们俩的下一个阶段……”他们就爱那么干。她没对他们说过什么话，让他们以为“身临其境”像一桩趣事儿似的，所以他们不过是支持罢了。萨姆给了她一小袋罗望子叶[①]：“你有什么想法，请告诉我……”回去的路上，她顺道在一家超市买了些杂货。感冒药、巧克力热饮，以及做汤和热棕榈酒用的调料。她把这些东西都放在自助结账机上，免得多费口舌，跟收银员闲聊什么夏凉的天气。接着，她又想看看雅各布的近况，她查了他们的联合存款账户，发现他一小时前在维特罗斯[②]刷过卡，跟刚才她花的钱大致相同。她不会在日记中提这事儿，因为这种行为是欺骗。她猜不出他是不是也觉得冷。

---

① 马来西亚人的烹饪调料。——译者注

② 一家英国大型超市。——译者注

她忘了锁上大门。跟十二点半醒来一样，上次锁门已经不知是哪一年前的事了。听人家说过好几次卡特福德有多恐怖，不过，如果是忘了给荷兰公园那间公寓上锁，她会更加害怕，生怕回家见到满地狼藉。那儿的风险更高。她将购物袋往厨房一丢，返回门口，小心翼翼地闩上房门。雅各布出了摆满木偶舞台的屋子，四下看了一眼，点了点头。“还行。”他说。他头顶的钟显示现在还是十二点半。他向她走了一步，她退了一步。

“你在这儿干什么呢？”

“你抖什么呀？”他反问道。

“呃，是因为这儿太冷吧。”

他伸出手让她摸，手很暖和，她双手握着他的手掌。他手一缩，从她手中抽了出来，又为她取来了两件套头衫。他不用说就知道套头衫搁在哪里。她进了厨房，找出笔记本，记下了这事儿，接着烧上水壶，雅各布问她要不要开暖气。

“好的，开吧。”她捏了点茶放进茶壶，将采购的东西都塞进了碗橱。泡好茶后，她和雅各布在客厅坐了下来，他喝了几口，问：“你是想提醒我，这赛过一杯上好的泰特利？”

她品不出茶的味道。她在出汗，雅各布却跟没事人一样。他就像在家里一样舒服自在。她脱了一件套衫，看看是不是会觉得暖和一些。穿上套头衫、打开暖气反而觉得更冷。从侧面看雅各布，她知道他不是自己丈夫。他没影子，也没有她丈夫那样的体味，而且是什么味道都没有。他身上暖和，对品茶很讲究。即使他没影子，但如果体味跟她丈夫一样，她也还愿意将他留在身边，虽然她明明知道这个人不是雅各布。

“不好意思，你该走了。”她说着，看了看手表，想找个理由。十二点半了，你该走了。

他将杯子放在桌上。“行，不过，如果你要我走，我就不会回来了。”

她拍了拍他的膝盖。“那就好。谢谢理解。”

他站起身，她也跟着站了起来。“我走了，但我们之间的种种还会留下。”

听了这话，她忍俊不禁。“你真多愁善感，雅各布。”

他也跟着哈哈大笑，接着陡然收回笑脸。“我可不是说着玩儿的。”

“呃……好吧……再见……”

“很高兴见到你。”他说完，出了屋子。她一动不动地站在那儿，心跳了几百下，打了几千个寒噤，却没听见大门开关的声音。十二点半，她站起身，确信他已经走远，然后在笔记本上原原本本地记下了这次相遇，又破例给雅各布打了一个电话。如果你要我走，我就不会回来了——现在想来，她真讨厌那种腔调。雅各布好久才接电话，他的声音从电话那一头传来时，她差点都要挂了："是吉吗？"

"雅各布！你没事吧？"

"没事……你呢？"

"我还好，只是……你在家里没看见我？"

"没，还没看到。"他说。出了点事儿。他出去了一会儿，回来发现大门洞开（她咬着嘴唇，生怕打断了他），客厅里站着一个不速之客。一个上了年纪的黑人对他讲着葡萄牙语，求他原谅什么的。

"你报警了吗？"

雅各布没吱声。

"你没报警，雅各布？"

他认为这位不速之客兴许是他爸。"就是……我的生父。我请他慢点说，他说的好像是我让他良心不安。"

"真有意思。他还活着，跟你在一起？"

"他不在了……我一发现他是谁，就叫他滚出去了。你猜他怎么说……"

"他说：'那好，不过，如果你要我走，我就不会回来了'？"

"我说，好啊，你最好别回来！"

“然后他说：‘我走了，但我们之间的种种还会留下’？”

“不，他没说这话。稍等，你怎么……”

雅各布支支吾吾，突然不出声了，接着又换了一种平和快乐的语气。他们拍的第二段对话的音频如下：

“老实说，吉尔，我认为你不会被接纳。你和他们玩了太多的心计……你们一同出现在公众面前的时候，你做出吓坏了的样子，他们说什么，你就全部照办，那样子就像他们在家里老揍你似的。你在家也不吃饭吧？”

“不吃！我在学校狼吞虎咽，跟个饿鬼似的，想当年，我可是个胆小的孩子。”吉尔说，恰好与她自己的录音同步。

“但阿克曼夫妇跟你说过多少次了，他们喜欢你，哪怕你那样耍他们，萨拜恩也会说：‘不，真可惜，天哪，但我们还是一样喜欢你。’你不吃，她和卡雷尔也不肯吃……”

“这么一说，我还真担心搞得他们险些崩溃，结果还要拿勺子喂他们吃饭，一人两勺，我自己一勺……你有父母要赡养的时候，关键是你自己身体不能垮了……”

她简直插不上嘴，问问出了什么事；雅各布在电话的另一头，但现在他人不在，那又是一个星期前的事儿了。她面前的那堵蓝色的墙比天空还要平静，蓝得更加均匀。

她鼻孔里拖出了两根冰柱，又细又长，泛着珍珠一样的灰白……仿佛被施了魔法的纺锤，吉尔心想，但那就是鼻涕，于是她伸手去揩。她和雅各布这会儿在谈华莱士夫妇。吉尔一向坚信，雅各布会被接纳。这无非是他能不能碰上不骗他的成年人的问题：哪怕最善意的谎言都能激起他被压抑的情绪，接着大人就会发现他“不合适”。后来遇到了格雷格和佩特拉·华莱士，一对下了大功夫收养雅各布的超级善良的保守党政治家，真是一个温暖人心的好兆头。他们的养子过了好久才不再揣测他们暗地里的动机。雅各布早就厌倦了和父母一道暴露在光天化日之下，厌倦了一只慈祥的手搭着他的肩膀，记者们写下这样的话：“看这个勤奋的小伙子……比起某些领取救济金的人，他是弱势青年的好榜样……”这是没影儿的事情，雅各布的大事小事，华莱士夫妇都坚决热心地支持，他（和吉尔）只好认了。

在遇到格雷格和佩特拉之前，所有叫雅各布“别客气，拿这儿就当是自己家”的人没一个说到做到的。华莱士夫妇给了雅各布一把大门钥匙。有一天，吉尔暂时没收了钥匙，无非是看看雅各布眼见着耽搁了回家，心情究竟有多烦闷。她发现雅各布·努内斯这个男孩一向贪玩，乐于在回家前多来一场两人三足赛跑、多玩一次敲门鬼游戏[1]或是多打一场 WWF Smackdown[2]，临到进家门了反倒要再受一份气。华莱士夫妇那么有趣，不想他们回来简直是大逆不道。雅各布的工党党员身份让他的父母有苦说不出，但你不能事事……

十二点半，吉尔进了盥洗室，找了点洗发水，洗了刘海上的汗水。她开的是热水，看见了腾腾的水汽，但溅在她皮肤上的水却显出了蓝色的水迹，而不是粉红色。不要紧，她什么都感觉不到，不过倒是觉得有些饿了。对，腌小黄瓜。她昨天放买来的东西时，在碗橱里见过一罐。她小心翼翼走了过去，免得被地上的水滴滑倒，把罐子取了出来。"哇……小黄瓜！"可惜她打不开罐子。她听见隔壁有人在说话（又是雅各布，她不是叫他走了吗？），于是过去瞧瞧，是电视被打开了。既然电视开着，她就换了一圈儿台。"还记得那时候电视上的几乎所有人都比我们老吗，雅各布？"

她匆匆地在笔记本上记下了这些事儿，因为快十二点半了，到了就寝时间，很快又漆黑一团，她旁边的枕头上

---

① 英国孩子们玩的一种古老的游戏。孩子们去敲人家的门或按门铃，在主人开门前逃之夭夭。——译者注

② 美国娱乐摔跤表演（现更名为 WWE）节目名称。有同名电子游戏。——编者注

又多了一个脑袋的凹痕。兴许夜里变成了两个人，难怪她晚上睡得那么沉——原来是二人同床而眠。

一位邻居过来擂门，吵醒了她，投诉她公寓里发出的哭声。邻居是个皮肤黝黑的中年男人，穿着一件异常贴身的睡袍，她甚至都用不着拦着他进门——他离大门远远地站着。他觉得冷。他下巴上的小胡子很标致，显然精心打理过。

“你在放什么鬼哭狼嚎的世界音乐吗？要不我替你叫辆救护车，或者……”

“或者，”她对他说，“或者。”接着她道了歉，答应不再制造噪声，尽管她不敢说真能控制得住。噪声想必是消失了，因为再没见他过来投诉。

十二点半，她又起身去了卫生间。电视又开了（或者说还开着？），她关了电视，穿过厨房，接着又走了回来，望着厨房的案板。上面放了一罐腌小黄瓜，她先前丢在那儿的。但现在盖子打开了。她吃了一根，查了一下室内的温度，又降了许多。她忘了要查出“身临其境”究竟会不会危及人的生命。外面真美。她很快出了门。兴许是十二点半。晴天飘起了雨。这就是萨拜恩·阿克曼口中的太阳雨吧。她心里想着母亲甩着伞上晶莹的雨滴说：“狼群今天在举办婚宴，女巫在梳头呢！”

“身临其境”的确实现了目标，但这一目标恐怕本身就欠缺适当的调整。吉尔把这记在了笔记本上。

再进厨房，她发现一个小男孩坐在桌旁吃吐司。看模样十二岁上下。他长得像雅各布，又像吉尔，留着一个看上去像他独创的疯狂科学家的发型。她只好闪回 15 世纪寻找词汇来形容他的美。这孩子“惊为天人”。从头到脚都无法与她和雅各布没空要的儿子画等号，他们的“战后”宝宝。生一个自己的孩子，对，她现在总算明白了他们大闹这一场都是因何而起了。“谢谢你为我开腌黄瓜瓶，大力士。”她说着，拿起他的另一片吐司。“你要吃的话，可以再做。”他亮出小小的二头肌，说：“别客气。”

他太新了，衣服的标价签都没拆。他们一一查看了标价签：“哦，天哪！多少钱？偷来的还是抢来的呀？！一点儿都不适合你。”她儿子搓着她的手，直到把它们给搓暖和了。她喜欢这样，也不管他这会儿无非是献殷勤，之后便会开口跟她要东西。他想要一块滑板，还说了一堆她应该给他买滑板的理由，但她只说了一句：“行，你待在那儿别动。”她钱包里有一张五十英镑的票子，她过去取。等她回来，他还待在原地，只不过稍稍大了些，十五六岁吧。他说不想要滑板了，想要电子游戏机。她把身上的现金都给了他，还是不够，剩下的要他找他父亲要。

他们又是抱，又是亲。啊，真好，他们如此真实地拥有了一个孩子。“你最好了，妈妈。”

“哎，哎……”

他为她擦了擦夺眶而出的泪水。“我不在家的时候，你别哭啊，妈妈。”

“你当真会回来？”

“当真，但如果你要我走，我就不会回来了。”

“我哪能赶你走。”

“太好啦！那我走啦！”说着，他将盘子扔进水槽，确切地说，是扔向水槽，不，他其实是把盘子当飞盘扔。但盘子却安稳落进了水槽。运气真够好的。

“等等……你叫什么呢？”

“亚历克斯，不是吗？”

“你有朋友吗？他们都是谁呢？”

他眼珠一转，拿出手机，给她看了几张照片，还有其他照片，他飞快地划了过去。“妈妈，都快十二点半了，所以……回头见，好不好？”

她这次懒得去听关门声。关于他们的儿子，她有话要对丈夫说。她打开笔记本电脑，起草了一份电子邮件，主题是：你见过我们的杰作了吗？接着她戴上耳机，而没把邮件发出去。她放了他们录的第三段对话。一问一答。

一天中什么时候最热？

答案是下午两点，只有他们和一个韩国流行乐队2PM[①]的亿万粉丝知道。

屏幕上的雅各布等着她发问。

“嘿，雅各布，一天中什么时候最热？”

他答道：“一天中最热的时候是下午两点。”

那是挑她的刺。吉尔皱了皱眉头。其实，有两件事伤透了她的脑筋——他说了“一天最热的时候是下午两点”，而通常的回答就一句“下午两点”；另一件是镜头中出现了维维亚娜的手。这只手仅仅在镜头前出现了片刻，在一声几乎听不见的“哎哟”之后抽离了镜头，但吉尔现在才明白，雅各布回答这个问题时笑了一声，或许就是因为那只挥动的手（他总不可能一时忘了问题是什么吧）：“一天当中最热的时候是下午两点。”

不等她再重放第三段对话，亚历克斯就回来了。他现在二十岁出头，炫耀着下巴上的短胡楂和他穿的红色斜纹棉布裤子。她提出母子俩一块儿看电视的时候，想不到他竟然没发牢骚，开开心心地满口答应。他伸出胳膊搂着她，为她取暖。她无心关注电视上在播什么，却长久地仔细端详着他的脸。他又出门的时候，已是夜里十二点半，长得像她和雅各布的男人融入了夜色。

① 2PM是一个韩国男子组合的名称。这个词的本义为“下午两点”。——编者注

到了早上，年近四十的亚历克斯带回来了妻子阿明娜和吉尔孙女的合影照片。这十年中，吉尔常常下楼去街头的小店盼儿子回来。她出门前没照镜子——街角小店的达伦吓了一跳，问她怎么了。她说自己好得很，接着问了时间和日子。外面的世界是下午四点，自她实验“身临其境”开始，过了一周零五天。天上又飘起了太阳雨（好像还在下），吉尔念叨着：“时光飞逝，时光飞逝啊。”达伦又问她最近可好。这一次，她问了他的近况。达伦也很好，至少他是这么说的。不能诉苦……她买了支润唇膏，回了家。

她还在怀念亚历克斯四十来岁的日子。“我现在都五十好几的人了，妈妈……”他看都没看……兴许他是在撒谎，兴许你的孩子终究是你的孩子。她知道，他有许多她无法理解的东西，可那无异于说：待在那间温度远低于零度的公寓，数字现在就变得毫无意义。她也狠不下心赶走亚历克斯。她去了趟洗手间，不仅洗了刘海，而且把全身洗了一遍，然后从手提箱另取了一套衣服换上。她没跟亚历克斯道别，而是让他睡在搭在隔壁卧室的一张床垫，四周是木偶舞台，虽说到了十二点半，他的存在终将消失殆尽。吉尔锁上了身后的大门，出了两趟门，第一趟是为了工作，打听年轻（犯）人们的消息，她仍然对他们抱着一线希望。前台背对着她小声打了几个电话，接着告诉她，他们一切都好，没发生出格的事，又问她明天是否按时回来。

“好，行，这就对了……明天见。”

吉尔第二趟是出门回到位于荷兰公园的家。列车上，她想到维很可能和雅各布在一起。吉尔和雅各布录对话的时候，她也在场，虽说是暂时的。她仿佛还能听见他的回答，等她回到家，发现大门洞开，屋内又暗又冷，跟她早上出走的公寓无异。现在是十二点半，她发现雅各布瘫倒在厨房的桌子上。她摘下耳机，又问道：“一天当中什么时候最热？”

这次的回答简洁明了：“下午两点……”

他搂着她，她也搂着他，唯独闭上眼睛，他们才能解开这千头万绪。“你身上真暖和。”

“至于‘身临其境’，”她说，“这事就不用再想了。别在人家身上实验了。”

“行。”

他们比对笔记的时候，雅各布又提了一次亚历克斯。“要是留张照片也好呀。”他说，吉尔知道他说的是谁。她不赞成，但也没他扫的兴。孩子毕竟是他的。

丑少女社简史

A BRIEF HISTORY OF THE HOMELY WENCH SOCIETY

发件人：薇拉·里德 <stonecoldwilla@hotmail.com>

收件人：达杨·沙里夫 <okinamaro1993@gmail.com>

日期：2012 年 12 月 12 日，18:25

主题：求贤纳士

亲爱的达杨：

在剑桥大学为数众多的社团、俱乐部、学术论坛、兴趣小组、积极分子小组和团体中，出现了一个与兄弟会势不两立的姐妹会，这个姐妹会人数不多但雄心勃勃［1］：丑少女社。要说丑少女，得首先指出，这所大学有必要存在这种有组织、偶尔好强的女性组织，恰恰是因为贝当古社。

贝当古社可追溯到 1875 年。贝当古社的成员又叫“方济各会修道士”，因为入选这个社的人要具备驯服野兽和小鸟这种非凡的魅力。就好像亚西西[①]的圣方济各。每年

① 意大利中部翁布里亚区城镇。——译者注

春季季学期末，这个社都要在总部举办宴会，在这座与玛格德琳街一街之隔的袖珍宫殿，它是休·贝当古爵士留给这所大学的，并且规定只能用作举办贝当古社的活动。如果你听说过贝当古社的会员，说不定了解如下情况：除非一名贝当古社会员邀请，女人不得进入这栋建筑；且只有当一年一度的宴会举办之时，贝当古社会员方可邀请女人进入这栋建筑。而能不能得到邀请，那要看你的长相是不是格外标致。

丑少女社 1949 年才问世。当初的女会员们听说过贝当古社，对这些所谓的方济各会修道士的基本原则也有耳闻，但都没放在心上。至于他们一年一度的宴会……嗯，那帮聪明人为了消磨时间，锻炼社交技能，带漂亮姑娘一块儿赴宴，任谁听了也觉得很不靠谱。但人家怎么消磨时间，那是人家的事。不，丑少女社当初的成员跟贝当古社结下梁子，是因为贾尔斯·卢瑟福（1949 年的贝当古社社长，古典文学院博士生）在写一首诗时突然卡了壳，不知如何下笔。他说，就像特洛伊的海伦让人浮想联翩的美一样，他要找到一个姑娘，只要一提她的名字就能让人联想到丑。算贾尔斯·卢瑟福的诗运气好，剑桥大学第一批攻读全日制学位的女学生比比皆是。卢瑟福派贝当古社的兄弟们身负这一重任进了这所大学：“兄弟们，给我在这所大学找一个最丑的姑娘回来。哪怕翻个底朝天，不画下那女孩的身材和相貌，不得回来。尤其是格顿学院，要给我格外仔细地搜。我冥冥之中觉得你们会在那儿找到她。"［2］贝当古社的会员找遍了纽纳姆和格顿①的每一个角落，发现了许多备选目标。他们列了一份剑桥最丑的少女名单，这份名单偏巧落到了一名应邀参加贝当古社晚宴的女生手里。这位小姐偷偷地拿到了这份名单，找到应邀参加这次宴会的其他女生。聚齐了一定数量的人后，她拿出了那份丑少女名单，问："你们同意这种名单吗？"

"不，我们当然不同意，"其他人答道，"这里可是剑桥啊，天哪——一个姑娘本该是到这里来思考的，却还要被这种问题困扰，那她还能去哪里？"［3］

她们一时拿不准主意，不知道要不要把列在这份名单上的女生牵扯进来。应邀参加贝当古社晚宴的人好些是这些丑少女的朋友，她们不希望引起任何乱子。什么人想看这份名单上的名字？但她们最终认定，这是壮大组织、保持力量的唯一一条路。要把这事抖搂出去，不仅伤神，到头来还后患无穷。茉伊拉·约翰斯顿第一个获悉她名列这份名单，于是这位丑少女只好暂搁业余时间研究的一个项目——造一颗炸弹。这是她一直想解决的一个问题，但现在用那群傻瓜做实验的念头格外强烈。其他人都是类似的

① 均为剑桥大学的学院。——译者注

反应，很快达成了一个简单而又明确的对策。她们苦思这个对策的时候，贝当古社晚宴的受邀者和最丑的少女们发现，她们个个意气相投，对彼此的学业很感兴趣，因此宣布结社，并且获得了不在两份名单之列的新会员的支持。不过，新社团的成员个个自称丑少女。

1949年，贝当古社晚宴其乐融融。席间人们香槟频举，四处献殷勤、谈情说爱，畅谈理想。请来的侍者侍立台前左右，贝当古社会员若与客人的意见相左，必定先恭维一番对方的衣裙，以此缓和她的情绪，提醒她晚会的主旨。真好玩！至少小伙子们是这么看的。侍者们正要端进第一道菜，隔壁房间传来哗啦一声巨响。卢瑟福喊来当晚的侍者领班。领班的回复是出了点“怪事”，但片刻工夫就能恢复上菜。为一道菜等五分钟算不上什么事——不过是再多说几句客套话、喝几杯香槟罢了，但当他们请领班解释这一情况的时候，他风趣地反问了一句：“你们信鬼吗？”

他们将菜装盘的时候，厨房的灯突然灭了，接着又打开，侍者们听见了隔壁的脚步声，然后是休·贝当古的肖像从隔壁屋子的墙上掉了下来。贝当古社的小伙子们听了觉得好笑，客人们却变了脸色，放下了手中的刀叉。一旦灯关了，谁敢说会发生什么事？贝当古社的小伙子们笑得更欢。连聪明绝顶的女人都有犯傻的时候。等第一道菜和第二道之间发生了一系列同样的事件时——脚步声和物件坠落，这次是餐厅顶上的一层楼——贝当古社会员们笑不出声了，四下找有助于捉拿闯入者或鬼魂之类的武器。客人们先他们一步，已经紧紧地攥着餐刀等可戳可砍的每一种工具。“要我们过去看看吗？”丑少女社第一任秘书莉齐·霍姆斯问。

“别，别，你们待在那儿好了，这事儿交给我们去办，”贝当古社会长卢瑟福说完，又意味深长地问了他那帮分明不情不愿的兄弟一句，“对吧？”

“对，对，那还用说……”贝当古社会员们只好赤手空拳地往前冲，因为吓坏了的女人们连一把冰块夹都不肯撒手。他们结队摸黑上了楼（侍者们说就留在厨房等着），查看了二楼每一个房间，连个人影都没见着。不过，等他们鱼贯回到餐厅，却发现里面满是不请自来的女生，她们占了贝当古社会员们空出来的位置，吃着一盘盘贝当古社会员们暂时放下的食物。“请坐，请坐，和我们一块儿吃。”最丑的少女茉伊拉·约翰斯顿嚷道。贝当古社会员们齐刷刷地望着卢瑟福，看他下一步怎么办。他认为只有好脾气才是光明磊落的反应，于是他和兄弟们喊人又抬进来一张桌子，吩咐侍者摆上餐具，坐下来跟姑娘们一块儿吃。他们的心思你想必猜到了：那晚早些时候，“最标致的女人”徘徊在贝当古社总部的门外，“最丑的姑娘”却进了这座大楼。

就我们所知，贝当古社从未编过另一份丑女名单。丑少女社兴旺过一段时间，接着会员日渐稀少，之后的历代代剑桥女大学生认为犯不着为自己贴上这么一个标签，或者跟贝当古社会员作对（他们的会员人数倒是一直很稳定）。丑少女社的主要口号是“欢笑、零食和宅在家”，那不过是为了回应已经毕业的丑少女们的建议。丑少女社办了一份期刊，主要是为了后来人；但除了我们自己，没几个读者。

因此，你要想加入的话，请回答我们几个问题：

谁才能算是当今的丑少女？

你为什么要加入这个社？

你的回答是打开民办大门（你们、我们）的一把钥匙。请尽量详细地、bigarrure[①] 地解答。

期待你的回复，静候你的佳音。

薇拉·里德（凯斯学院艺术史系三年级）

埃德·尼昂（克莱尔学院自然科学系二年级）

西奥·阿克纳（伊曼纽尔学院历史系三年级）

希尔德·卡尔森（格顿学院社会和政治学系三年级）

---

① 这个词是法语词汇。——编者注

格兰妮·莫洛伊（彼得学院法律系二年级）

弗罗德丽莎·卡斯蒂洛（三一学院计算机科学系一年级）

玛丽·阿朵拉（国王学院人机语言专业三年级）

[1] 这不过是格兰妮的自我感觉罢了。如果你不理会她的自恋，那么，你终有一天会在乎她。——玛丽·阿朵拉

你说你在乎我，玛丽？——格兰妮·莫洛伊

[2] 卢瑟福说了什么，无非是格兰妮·莫洛伊的无端揣测罢了。无从考证！——西奥·阿克纳

呸，历史系学生。——格兰妮·莫洛伊

[3] 又是一句无从考证的话，格兰妮……——西奥·阿克纳

你能不挑我的错吗，西奥……——格兰妮·莫洛伊

达杨·沙里夫（王后学院英语系二年级学生）花了好几天时间才想出了一个详细的、bigarrure 的答案。一看到这封电子邮件，她就希望入社——其实，她刚在火车上见到薇拉和希尔德的那一刻就希望加入了。但和所有的组织一样，入会门槛与说服社员允许自己加入的关系不大，最重要的是说服自己。她查了“bigarrure”这个词，发现它

有两层意思，“五花八门”和“一段充满奇思异想，从一件事岔到另一件事上的演说”。“五花八门”让她想起了她的专业导师乔杜里教授说的话：“我看见你和萨福克团在一起了，达杨。那是个生龙活虎的小团体！”她望着他，想弄明白“生龙活虎”一词的言外之意，从他咧着嘴的脸上，她认为是“讨人喜欢”和“让我非常开心”的意思。

黛回复了一封电子邮件，主要写了见到希尔德和薇拉的那天晚上。她和佩珀、卢卡和塔利亚在国王十字车站上了车，四个人都满头亮晶晶的汗水——去伦敦市内过星期五的晚上，现在正要回黛的家过夜。希尔德和薇拉就坐在他们对面，分吃一块红丝绒杯形蛋糕。黛让自己尽量不去想两个大活人竟然不敢一人吃一整块杯形蛋糕。她不认识她们，或者不了解她们的顾虑。她注意到薇拉栗色的长发和希尔德杏仁一样大的蓝眼睛。她从没见过她们，但她对她俩点了点头，算是打了个招呼，她们点头作答，接着又继续交谈，好像在比较中世纪和现代绑架行为之间的逻辑关系。佩珀和卢卡想办法平复塔利亚对艺术学院的怨气，黛正要不咸不淡地插两句，五个年纪相仿的男孩嘴里哼着橄榄球歌、大摇大摆地穿过车厢。黛其实对橄榄球一无所知，因此它们说不定原本就不是橄榄球歌，但这几个人的体型分明和橄榄球员一样壮硕。他们目不转睛地盯着黛和她的几个朋友，从他们面前走了过去。听到歌声渐渐远去，黛只觉得胃中一阵抽搐。她看出他们想挑事儿，或者想说什么话。如果这几个小伙子说什么，卢卡准会动手，佩珀也不例外，那么，黛和塔利亚怎么办——做和事佬？不可能。黛可能会抡拳头……她的父母就被紧急请到学校过两次，都是因为她打人。未必是因为把人家揍得多狠，就是为了让父母知道这孩子的顽劣。黛下手狠辣，常常出其不意，令人防不胜防。她朝人的静脉出手。除了让旁观者胆战心惊外，黛的目标同样常常被打得痛不欲生：心、肺和大脑之间的血管被打得啪啪作响，接着似乎要从中断开，四肢努力恢复重力意识的过程中，目标常常一阵阵地抽搐。黛的妹妹偶尔向她请教揍人的功夫，但她只会打，不会教。她认为这兴许是因为焦虑，希望有人分担吧。那晚她真不想揍人。她玩得很开心，仅仅希望保持这种心情……

其中两个橄榄球员是黑人小伙。他们与佩珀眼神相接，三个人看样子对盯着人家都有些歉意。但那并不等于说不会打架。所以黛、塔利亚、佩珀和卢卡绷紧了神经。黛看见了一个有趣的现象：栗色头发和蓝色杏核眼放下蛋糕，也绷紧了神经。不是绷起神经，准备逃之夭夭的那种，而是攥紧拳头，嘴里没一句废话。事实上，黛四下看了一眼，发现不单是栗色头发和蓝色杏核眼两个人，车厢里三三两两的人也都把视线从手机屏幕前移开抬起头警觉起来，有几个甚至卷着袖子。“滚开，你们这几个臭小子。”一位宽肩阔背的男子说。几个小伙子似乎在心里盘算着，接着带着他们挑事儿的念头走了。他们一走，栗色头发从桌对面探过身说："我叫薇拉。"蓝色杏核眼自称希尔德，突然说道："我们小时候一块儿患过水痘。"

"啊，"卢卡一本正经地说，"所以你们俩是闺密。"

薇拉揉了揉鼻子。"哦，我们可不是故意的……"

薇拉生得非常标致，她想学河口英语[①]的口音，可惜学得不太像。到了车站，希尔德转身问他们："你们是这儿的学生？"

塔利亚、佩珀和卢卡互相嘀咕了几句：好像是的！哦，对……三个人一齐指着黛："瞧，这位是土著……"

"不要太羡慕我，请你们将充满仇恨的生活过出快乐来，朋友们。"黛说。

薇拉记下黛的邮箱地址，说以便保持联系。"改天我们出来坐坐吧。"

"坐坐"？佩珀认为听着就有点不正经。卢卡说："兴许是出来骑马吧？那家伙骑马就爱显摆。"塔利亚咻咻地笑着。

列车上的一面之缘，解决了黛自认为可以成为一名丑

① 河口英语（Estuary English）是一种现代的英语口音，介于标准英语与英国东南部人使用的英语之间，具有"模糊社会阶层"的特征。——编者注

少女这个问题，却回答不了什么样的人才能算丑少女——肯定不是指外貌平平的女孩。二年级是黛认真学习的一年；她再也不能像去年那样成绩一塌糊涂（她时间都用来跑去牛津布鲁克斯大学去看佩珀了），所以她下功夫完成学业之后，才能言归正传，解决丑少女这一问题，阅读、记笔记和查资料，她可以放在同一天做。王后学院深入黛的血液，因为她父亲也是在这所学院毕业的。想当年，他飞过几千英里专程来求学，而她则来自萨福克。到了晚上，学院图书馆正是人多的时候。这个时间，彩色玻璃窗上的人物好像也打起了盹儿，每张桌子上的灯沿着地面轻轻地绽开橙色的灯光，最后形成一个大球，沿着一个个拐角一路跳上楼梯的顶端。她环顾着这一幕，觉得恍如看到梦中的一个彩色玻璃上的人物。她也在场，实现了梦中的一幕。她伸了个懒腰，叹了口气。*唉，我是个爱幻想的少女，但我是个丑少女吗？*妹妹阿以莎想考剑桥的默里·爱德华兹学院，她们母亲的母校。

这口气叹得不够平静：隔几张桌子的（法律系一年级学生）赫拉克勒斯·德梅特留抬头望了她一眼，笑了笑。她别过了脸。她不觉得他讨厌或者什么的，但他是个麻烦。喜欢他全是她的错，就算忽略他已经入选贝当古社这件事。小伙子身材高大、匀称，一头卷发，有着漂亮的牙齿，神态自若。凑近看，他脸上有一点点粉刺，但那不会让人觉得不舒服。他的肤色让小孩子们分不清他的种族，喜欢迪士尼经典的小孩们常常跑过来问："你是阿拉丁吗？"他堆起一个灿烂的笑脸，答道："不，我是大力神[①]。"

他来自斯托克韦尔，特别爱臭美。这不是黛可以向人家承认的一种魅力。但赫拉克勒斯跟她说过话。他和他的朋友跟她和她的朋友擦身而过的时候，他会说："酒吧见，行吗？"接着，马克或达拉或吉洛会扭头望着她，说着诸如，"这么说，你当真要去那家酒吧见他？还是去上他的床，干那种事？"真可怕。只要赫拉克勒斯・德梅特留跟黛说话，她的心儿就怦怦地一阵狂跳，荷尔蒙分泌的水平就像头一次见他似的。他究竟想要什么？黛其实并不认为自己丑；她的相貌大体上还说得过去，甚至可以说不仅如此。她心头掖着两件憾事，一是眼镜，常常让人（包括她自己）误以为她是个风骚的图书馆管理员……摘下眼镜、散开头发，那才是她嘛。可是她没有。她还长着一双大得出奇的脚。身材匀称的赫拉克勒斯・德梅特留凭什么屡屡要跟她交朋友？这说不通啊。除非这个讨厌的贝当古社会员在编另一份名单。

小伙子还望着这边。黛摘下眼镜，擦了擦，又戴上，然后打了两段文字。

---

① 此处原文为 Hercules，有赫拉克勒斯的本名和大力神两种含义。——译者注

谁才能算是丑少女？仔细考察母亲相中的每一个男人，才算丑少女？把这种事交给阿以莎无异于不办了。发现父亲的男朋友比父亲好说话的姑娘算不算丑少女呢——她是怎样的一个女孩？黛的父亲说斋月还是要禁食，看见黛和阿以莎“亵渎神灵”的苗头，常常忍不住发一通火，说这十有八九是她们妈妈做的坏榜样。（这是冤枉了她。就算有，也是她们老爸的男友安东带的坏头。）安东比老爸随性，不注重规矩。黛有一次提到羡慕朋友佐伊有两个妈妈——她不住嘴地说着佐伊两个很酷的妈妈，但老爸却认为她的言外之意是厌烦现在的家庭，他垂头丧气。她用了好几年去解释她的本意，可惜听着却好像她越发瞧不起他和安东，最后两位父亲只好一笑了之。

赫拉克勒斯邻桌的一个姑娘给他写了一张字条，黛记得她叫拉克米妮；那想必是一封火辣辣的情书，因为他拿字条扇着风。但达杨·沙里夫小姐不可能不在乎字条上的话，绝对没门儿。

谁才能算是当今的丑少女？

她写到她的第一任男友迈克尔，她约会的第一任也是唯一一任男友。她爱过他，他们虽已分手，却仍藕断丝连。其实，这份爱不是变得更真实，而是更般配。那一周，朋友梅齐的父母出门去看欧洲电视联播网歌唱大赛总决赛，所以梅齐向“喜爱欧洲电视联播网的全体娘们儿”敞开了大门，结果来的人并没那么多。只有梅齐、黛和阿以莎，最后迈克尔又带来了卢卡和塔利亚两位朋友。当时一辆出租车停在了梅齐家门口，只见下来的三个人穿着绸缎紧身装。梅齐冲向大门："怎么？她们是什么人？难道上帝果真降临人间了？我上一辈子想必拯救了世界……"

过了两小时，黛才抽空跟塔利亚和卢卡搭了几句话。她只看上了迈克尔。她平生第一次觉得他身上具有她奢求的好莱坞黑白电影的人物气质。走路带风的步态、一个微笑就能说出无情的谎言和倾诉畅快的真情的双唇，以及能感天动地的睫毛。如果贝蒂·戴维斯和丽塔·海华丝[①]生过一个爱情结晶，那孩子就是当晚的迈克尔。两人相拥了许久，事后又在外面的露台攀谈。"幸亏有了互联网，"他说，"否则我也找不到卢卡和塔利亚。那儿有各种各样的怪人，但我的人找到了我……"

他的目光停在佩珀这个名字上。黛记得那晚余下的时光她都亢奋得不行——飞奔，跳舞，扬声器开到震天响，音乐节拍仿佛突突地敲着脑袋。强烈的节奏让人心旌摇曳。编花环[②]、吹排箫、吹小号和约德尔调[③]——黛拉着卢卡的手，卢卡拉着阿以莎，阿以莎拉着梅齐，梅齐拉着佩珀，

---

① 美国女演员。——译者注

② 一种英国儿童游戏。——译者注

③ 瑞士蒂罗尔（Tyrol）山间居民用真声和假声轮替的歌曲调子。——译者注

佩珀又挽着黛，围着堆在中间的包和外套跳舞，为舞台表演卖力或别有风情的国家喝彩。卢卡和塔利亚也成了黛的朋友。

塔利亚压根儿不喜欢歌唱比赛。她说她是来见黛的。“这家伙没完没了地唠叨你。”她指着佩珀说。

黛的继父安东记不住迈克尔的名字，兴高采烈地招呼佩珀，同时还取笑黛那几次说喜欢迈克尔。黛无奈地耸了耸肩。佩珀难得露面，不知她是喜欢佩珀本人还是爱屋及乌，才喜欢上迈克尔。无论如何黛找到了一个人，和他在一起，她觉得有使不完的劲儿，他们坐在过山车上吃冰激凌，锻炼一边失声惊叫、一边吃冰激凌的本事。

所以说……谁才能算是丑少女呢？

黛写到肌肉结实，在身上穿了许多洞的卢卡，写到他们一起度过的第一次聚会。那时候，他一头新染的薄荷蓝头发，与身上的衣服呈一个色调。他和塔利亚年纪稍长几岁，二十出头。他白天卖高档时尚用品：“人人都想从这儿飞走，可惜不是人人都长翅膀……所以他们得从我手上买……”到了晚上，他又成了一个一发不可收拾的享乐主义者，找到合适当晚谈话的主题，嗑各种不上头的药。他受了一夜的罪，都不敢相信自己还活着——“这不可能是来世。啊，不可能。”卢卡放声大笑，止也止不住，笑得浑身打战。他的忘性比他宽广的胸怀还大，他说这是令自己害怕的唯一一件事儿。说到他，黛的父亲说："太……脆弱了。"她的继父却说："厚颜无耻！"两个人说得都不对。卢卡小时候，有一段时间被父母赶出了家门。他们希望此举让他有所顾忌，可惜事与愿违，他和朋友们厮混在一起，变得更加放肆，但回了家，他好像确实有所收敛。黛知道佩珀和卢卡在一起。她还听说卢卡喜欢追直男。塔利亚称这种倾向为"卢卡的危险游戏"。佩珀说卢卡是个好人。"他交了我们几个朋友。"

哦，还有塔利亚，一定得聊聊塔利亚不可。塔利亚的审美平庸无奇（佩珀多半是从视频网站化妆辅导视频上学来的），她内敛、矜持，跟一个朋友们都没见过、年纪比她大许多的男子同居。朋友们听闻这个老男人，是有一周塔利亚卖出了五幅三联画，收到了买家一份颇有见地的好评，她欣喜若狂，但事后发现买家竟是她的男友，她生了两天的气，接着觉得又可气又可笑。卢卡辩解道，这位男友不过是投资一位有朝一日能够成名的艺术家。塔利亚每次听到这话，都会说自己才不在乎。塔利亚一般在镜子上作画，题材多是取自仅仅在她脑海里闪现的故事里的双人特写镜头。她在镜子上画的人物面部一般都要留下一片空白，所以你的脸很容易成为他们的脸。塔利亚的笔触细腻、真实，布局活泼，线条互相交织。她用的色彩多是白色和银色。在这些画像周围，塔利亚常常会多写上几句话，作为文字画框。黛最喜欢的要数一段旁白：

这位毒药品鉴师心里不痛快。他报酬丰厚，但对老板却恨之入骨，今天，他总算尝了毒品，他吃了不少，脸上尽量不露声色，最后老板吃的起码不比他少。放开肚子吃吧，老板，别停嘴……

谁才能算是丑少女？卢卡是，黛也是，佩珀、塔利亚、希尔德和薇拉等许许多多不甘心收到一纸请柬，而希望多些人参加这次聚会的人都在此列。黛在这种场合只听见佩珀和卢卡爬上桌面，尖声高喊（他们还得用上扩音器，她估计这声音足以装满几个罗马体育场）：大家好，非常高兴见到各位，你们这帮丑男人和丑少女。

发送。

丑少女社没有固定的集会场所，全体会员一致认为这有助于她们保持低调，这也决定了主持当月少女聚会的举办者所布置的装饰和以甜点为主的食品能有不同的调调。2月的聚会由黛主持，这次聚会要讨论《少女》春季学期版的文章。她们将举办两次访谈：一是采访一名银行抢劫犯，他拒绝了一个剑桥的职位，如今却反悔了。玛丽负责采写这篇报道；她擅长采写苦中有甜的憾事和拜金女的故事。另一个是采访默娜·谢苗诺娃，小说《伤感的故事》一书的作者，她写这本小说无非是为了逗女友一乐，小说主要讲述了两位诗人（一青年、一中年）两位诗人生活中正在闹的和今后要闹的一切矛盾。小说以两位诗人喝酒的酒吧为第一人称讲述，谢苗诺娃以“琼斯先生”这一笔名出版了这本书，因此被誉为小布考斯基。《伤感的故事》竟会受到如此的礼遇，负责采写这篇报道的薇拉和谢苗诺娃的女朋友感想一样：这让整个笑话更好笑了。埃德在写一篇论知识层次结构的文章，介绍了她最喜欢的连环漫画中最初出现的女性恋爱趣味之争：你必须能干、勇敢、诙谐，具有极高的职业素养，但不允许你发觉每天见到或共事的男人就是晚上救了你一命的超级英雄。“就好像有个人待在幕后，认定了不青睐你的女人不过是看不见‘真实的你’罢了，不是吗？”

黛环顾了一张张脸。玛丽兴许和塔利亚相处得很好。她们都喜欢一丝不苟，连一根头发都不能乱，相比塔利亚，操一口扎伊尔腔的法语、肩上披一件夹克的玛丽给人印象更加深刻。丑少女社这么小，用不着领导，但真要选一位的话，玛丽是当之无愧的人选。有时候，玛丽和薇拉一块儿说着法语，边说还边向周围瞄一眼。黛认为她们是瞧不起她衣服的款式，但埃德要她放心，那不过是只会说英语的人对说一口流利法语的人的自然反应罢了。埃德名字取自英国女演员埃德温娜·嘉莉，是很随和的一个人。你跟她什么话都能谈得来，如果她不明白你说的话，她会直言相告。对黛在剑桥认识的人来说，敢于承认智力差距很难得，非常难得……但埃德偏爱刨根问底。这个调皮、男孩子气的姑娘和玛丽一样是个黑人，又和薇拉一样是伦敦人。但用她自己的话说："一个别样的黑人，一个别样的伦敦人。"除了大学和丑少女社，对埃德、薇拉和玛丽来说，怕是难以想象还有其他任何一个时间、地点或机会，来发现她们几个真的很合拍。比如，三个人都总是以为人家都是在开玩笑，而且她们也都爱搭理几句——薇拉爱使小性子，玛丽心直口快、有事儿全放在脸上，埃德则会似笑非笑地扮着各种小鬼脸，让你忍不住想笑，哪怕你把她刚才说的话当真。

反过来，再说西奥和希尔德，要是不明确地告知他们，他们往往会将人家说的话当真。内布拉斯加州最优秀的学生西奥多拉[①]·阿克纳至今还在为欧洲的幽灵一事发愁。希尔德、埃德、格兰妮再也听不见它们，但幽灵看来又在西奥身边出没了，因为她主动地留神去听它们的声音。对她来说，里斯本、巴黎和维也纳都是险恶之地，是凝结着血的美景。

① 西奥多拉（Theodora）是西奥（Theo）的全称。——编者注

希尔德不肯陪西奥去奥斯陆。“我们一家有四分之一的人住在那里，西奥多拉。我还是自己想办法了解这些事吧。”

还有格兰妮·莫洛伊，她曾四处活动，要将自己以“开朗乐观”的名义载入丑少女社年鉴，结果以失败告终，因为希尔德曾对她说过：“你有时候真的还是挺矜持的。”虽说她的确一天要几次性子，这种充沛的精力偶尔也掩盖了她的另一种性格：冷静、有意识地收集罪证。

刚入社的这名丑少女达杨对每一位社友都有几分爱慕，但社友们吃不准她究竟能为这个组织带来什么变化。她入社刚三个来月，还拿不出一篇像样的文章或小组活动创意。她和丑少女社成员拍了几张合影，所以从表面上看不出她有没有不合群。兴许她可以为招募会员做点工作，因为在她提到丑少女社的时候，她学院和系里的几位朋友似乎很感兴趣。

刚上一年级、最小的一名会员弗罗德丽莎迟到了。不出所料。“下午好，女士们！”她抓起一把饼干，撒在黛的床上。刚刚过去的那个夏天，有一半莫霍克血统的她出落成一个大姑娘，但她前面的头发还是比后面的长。她一身皱巴巴的衣服，睡觉的时候显然没卸掉眼线。弗罗[①]要

---

① 弗罗（Flor）是弗罗德丽莎（Flordeliza）的昵称。——译者注

是不说有一段丢人的事要公布，黛都没注意到。不过那件事纯属小道消息。

“你说。”坐在靠窗一个座位上的西奥命令道。她裹着黛的窗帘，看上去就像穿了一件宽大的法袍。

“好，首先，你们可不能对我评头论足……”

“这儿都是朋友。”玛丽一本正经地说。

弗罗德丽莎透露，贝当古社的一名会员出现在《约克郡菲律宾妇女》杂志上。“要不，说不准也出现在这儿了？”她指着自己。

“哦，天哪，”格兰妮嚷道，“哦，天哪，你做了什么？”

黛等着听听弗罗和赫拉克勒斯的事儿。她有些难过，但那不过是感情受挫，这个世界的达杨·沙里夫们再熟悉不过的感情。空气中分明洋溢着春的气息，尽管现在才2月。除了黛，丑少女们个个谈起了恋爱——玛丽找了镇上一个骑摩托车的男子，薇拉找了菲茨威廉学院的一名讲师，西奥和一名带领游客游览狄更斯笔下伦敦的导游在一起了，埃德和格兰妮在发展，现在弗罗德丽莎又和贝当古社的一个小伙子好上了。黛唯独盼着赫拉克勒斯·德梅特留能走出这个故事，这个故事太腻味，以至于黛对他的生理反应都快麻木了。

（几天前，她在国王街从他和其他几个像是贝当古社会员的小伙子身旁经过，他们显然在做一项需要征询女性意见的调查。“真想给他们打个分。”她喃喃道，赫拉克勒斯对她微微一笑，说：“请问你刚才说什么来着？”

“哦。没什么。”

“你好。我说，你想——”

“不好意思，我没时间。再见！”）

弗罗说的不是赫拉克勒斯，而是在他们学院的一个叫巴尼·查斯科尔的三年级学生，她没看出这小伙子是一名贝当古社会员。“怎么说呢，他是那种低调的人，常常用自己执迷阴谋论的癖好打趣，另外……他很可爱。”

“可爱？！”声音从屋子的各个角落传来。黛的声音最响，与其说不敢相信，不如说是好奇。希尔德说：“弗罗，莫不是你想得太多了吧？”

“嗯……到这里的路上，我其实考虑过跟他说实话，或是表白什么的，就当是为了掌握情况故意勾引他。不过，我其实是今天早上才知道查斯科尔是一名贝当古社会员的！我说我得赶紧去一个少女聚会，他说：‘莫非是丑少女？’‘对，我也……’接着他说：‘真好笑，我是一名贝当古社会员……’”

“‘真好笑’……这位‘巴尼·查斯科尔’认为，我们结了数十年的仇不过是个小笑话？”西奥大声问。

“弗罗，”玛丽冷冷地说，“就目前来说，这是一个我们的敌人演变成表面上看更加可爱的例子。你刚才说这也是一个小道消息，对吗？”

“弗罗德丽莎，如果有什么不便说的，或者你还有什么隐情，请直说无妨。”埃德补充了一句。

但弗罗的确有好消息要告诉她们。她跟着巴尼·查斯科尔去了贝当古社的总部，看见他按了进门的密码，所以才迟到了：她见到了按键的顺序，可惜没密码记下来。因此她趁贝当古社会员从另一扇门出去的时候，她有机会又把密码试了三遍。

“宝贝，”薇拉说，“宝贝。第三次成功了？”

弗罗笑着说：“第二次就成功啦。”

格兰妮和薇拉欢呼着地扑向她，但希尔德、埃德和西奥却没动。

“我们没必要进入贝当古社的领地。”希尔德指出。

西奥附和道：“丑少女社几年前就亮明了基本立场。”

“得了吧，哪里的话！既然密码我们已经知道了，不用它就简直是愚蠢和罪过！”格兰妮说。

但埃德却赞成希尔德和西奥：“对，多跟贝当古社的头目们交往是件好事，但我宁愿一鼓作气，集中力量壮大我们的组织。我们要为《少女》多征一些稿子……你能说说你的意见吗，黛？”

“我认为我们应该进去。”黛说。大家都不出声了，但她的话主要是针对玛丽说的，玛丽至今没发表意见。“我认为我们应该进去，搞一次图书交换活动。”

“图书交换？”玛丽重复了一句。

“对呀。我敢说贝当古社会员们的书架上没有——至少没有多少——女作者写的书。不过我们书架上也没有多少男作者写的书……”

“是的，但那不过是个人喜好，一厢情愿地推崇我们的书罢了，黛。”希尔德说。

“我知道呀，”黛说，“我愿意。不过我想博览群书。说到书，谁能硬塞进去什么，又能从中得到什么，都是我们主观的想法。他们也一样。所以我们进去，看看他们有什么书，挑出几本，换成我们的。”

“别嚷嚷，别大惊小怪的啦。”西奥说得很勉强。

“我早该同意捣毁那个地方，但只要我们有计划，我不在乎干什么，”薇拉说，“不过我担心毁了弗罗刚刚萌芽的爱情之花。”

弗罗捂住脸，但她没否认喜欢巴尼·查斯科尔。

玛丽直言不讳地说：“我的确希望大家做点事。我一直在等机会为贝当古社做点事，自从到这所大学的第一个星期四，一名贝当古社会员拿我当人肉盾牌……”她瞪着黛身边的窗外，仿佛回到了那一刻。她义愤填膺，脸都因愤怒而拧成一团。

“另一个家伙追他，”格兰妮小声告诉埃德和弗罗，“他说他从没想到那家伙会打一名女生……”

“所以我赞成达杨的提议，”玛丽最后说道，“赞成达杨的人请举手。”黛举起了手，弗罗、格兰妮、薇拉和西奥跟着举起了手。西奥说她不过是随大家同去，防止她们干出什么错事。

到了图书馆，黛发现赫拉克勒斯·德梅特留占了她常坐的座位。她没理他，径直去了他常坐的位置，还空着，她放上笔记本电脑。他抬头看了她三次，她看了他一次。就一次，他走了过来。啊，有那么明显吗?

他拖过来一把椅子，伏在桌子的一角。他一举一动都那么难懂、美妙、畅快，尤其是凝神静气的眼神。她的胳膊只要动一动，就能碰到他的胳膊。他手上拿着一个信封。

“听着，我听说你喜欢约翰·沃特斯[①]。”他说。

“我是喜欢，”她说，“怎么了？”

他姐姐在伦敦斯托克韦尔开了一家电影院……他说是“袖珍型”的。大姐给了赫拉克勒斯两张《女性的烦恼》电影票，另外……

① 约翰·沃特斯（John Waters，1946— ）：美国电影导演，因20世纪70年代拍摄的一系列邪典电影而闻名。下文提到的《女性的烦恼》即为其于1974年拍摄的电影。——编者注

“不去。”

“你确信？”

“你就这么有自信，一个姑娘会愿意跟你这样的怪人去看电影吗？”

他往后一缩，但没退却，反而紧紧地盯着她。谁先别过脸谁就输了，所以她眼睛都不敢眨一下。“我不过是难以相信一位约翰·沃特斯的影迷不想要一张《女性的烦恼》的电影票。”他收回目光，笑了笑。“拿着。两张都拿去。”他将信封放在她跟前，回到了自己的座位。

接着他又走了过来。“达杨，我能问你个事儿吗？”

哦，老天。“想问你就问吧。”

“你为什么来这儿？”

“这儿？”

“对，这儿，来这所大学。”

她想到了面试她的乔杜里教授，以及教授说他喜欢这种联想，他能看得出她的心思，她悉心呵护这些联想，放飞思绪。以前还没人那样对她说过，照例是“你想多了吧，黛？”好像园丁播种思想，她就爱这样。

赫拉克勒斯懒得等黛回答，问道：“你不想看看这儿还有什么样的一群人吗？这也是我来这里的一部分原因。这就是我为什么参加这么多聚会的原因。”

聚会？她忍不住想笑。“好吧……我也有同感。”

“所以说，”他说，“我来了。你来了。你当时认为我讨厌，但你何不剔除我的那层身份，把我当个普通的男生看呢？说不定你会喜欢上我。”

“那层身份，一名贝当古社会员。”她说。

他眉毛一扬，说：“啊。”与其说这是一个恍然大悟的“啊”，不如说他更加糊涂了。

“现在是春季学期。你不是要找人陪你去你们那个宴会吧？”

原来如此。“你是一名丑少女社会员，是吗？”

“我是，并为此而骄傲。”

他收拾东西，一路摇着头、咕咕哝哝地出了图书馆，至于说了什么，她没听清。黛从信封里抽出电影票，掏出手机，将票上的日期发给了佩珀：

去伦敦看《女性的烦恼》，你是去呢，还是去呢？

去啊！！！

贝当古社会员们博览群书，从书架就可以略知一二。许多书令人跃跃欲试，但女作者写的书却不到十分之一。大家都认为还是不要在凌晨四点打开屋子里的灯为好，于是他们改用手电筒，免得有路过的贝当古社会员过来看看是哪位兄弟打算再喝一杯。（房间的钥匙都挂在门厅开关旁的一个钩子上，所以姑娘们也偷偷地看了贝当古社的藏酒室。与其说是藏酒室，不如说是个大酒库，贮存的烈酒从地上码到了天花板。为了够得到高处的酒，还备了几架小梯子。黛从没见过这种架势。）

弗罗、黛、薇拉、玛丽和西奥掏出背包里的书换到贝当古社的书架上，并且取走原本的书，满载而归。黛带来的书她一本没看过，用两本伊迪丝·沃顿的小说换了亨利·詹姆斯的两本，露西娅·柏林的短篇小说集换了约翰·契弗的短篇小说集，伊莱恩·邓迪的《假鳄梨》换了达尼·拉费里埃的《我是一名日本作家》，杜布拉芙卡·乌格雷希奇[①]的《把你的地位借给我》换了果戈理的《伊万·伊万诺维奇与伊万·斯基福洛维奇吵架的故事》，麦琪·尼尔逊的《珍：凶手》换了卡波特的《冷血》，丽莎·塔特尔的《枕头朋友》换了《M. R. 詹姆斯的鬼故事精选集》。她罢了手，满载而归，其他人也战果颇丰。这些新书，够少女们埋头读上几个星期。她们等着贝当古社总部发来战书，谁知毫无动静。看来小伙子们没注意到他们的藏书被人调了包。换酒说不定会更有效果。

弗罗和贝当古社的巴尼现在如胶似漆。这事儿严重了，但少女们装作不反对也不鼓励这桩无异于罗密欧和朱

① 克罗地亚作家。——译者注

丽叶的爱情。另外，西奥将视线移开金英夏的《共和国召唤你》，抬头总结少女们这次在贝当古社换来的书时，愤愤不平地说："他们的品位还真高。"

《女性的烦恼》放映时，赫拉克勒斯·德梅特留没露面。不过没关系，有爆米花、佩珀和银幕上凶狠的盖世武功，外加库奇·穆勒[①]说出了大实话：只因为你招人家忌妒！

"你等人吗？"走出电影院的时候，佩珀问她，"你刚才老是东张西望。"

她撒了个谎，说她在瞧观众。这个谎撒得还算合理，因为她确实是那种喜欢看观众的人。

赫拉克勒斯等在通向她卧室的楼梯上，双腿沿着台阶伸开，脚塞进了栏杆上的两条缝，在看弗罗留在贝当古社总部的一本书：《致考虑自杀的有色人种姑娘与当有彩虹就好时》。一见到她，他连忙爬起身，头一下撞到了石质天花板。见此情形，她仿佛也感到一阵疼痛，他走过她身边的时候，她拍了拍他的肩膀；他抓住她的手，跟着她上了楼，然后她突然站定。

"怎么了？"

---

① 《女性的烦恼》中的一名女演员。——编者注

“这是你的？”他举起书问。

“不是。”

“你看过？”

“看过。”

“非常好，是吧？有几分撼动人心的意味……看这本书有几分像躺在挂在树上的摇篮里，树儿伤心地摇着你，随着摇动的劲儿越来越大，你发现树摇你的同时也掌握着你的生死，它们会因为打定主意要把你摔得稀巴烂而抱歉……”

“但你紧跟着又被组装在一起，只不过完全颠倒了顺序……”

“你不知道新顺序能不能行，该有多伤心。”

“会好起来的。好起来前，伤心在所难免，你不这样认为吗？”

他又冲她笑了笑。他仍握着她的手，直到邀请她参加贝当古社宴会，她才犹豫许久（反正她觉得许久），然后开口说：“赫尔克[①]，我去不了。”

他没有气馁。她喊了他的昵称，其中必有深意？“你是一名丑少女。我不想循规蹈矩，我认为如今贝当古社和丑少女社看待事物不再有那么大的分歧。欢乐、零食和宅

① 赫拉克勒斯的昵称。——译者注

在家，对吗？我们也办了一份只有我们看的期刊。我们不能看看对方的吗？我知道你想要我假装不把你放在眼里，但你是一位美女。失礼了，你就是一位美女。来参加宴会吧，来见见贝当古社的人，来跟他们聊聊，来让他们见识见识真正的美女。我们与上世纪的贝当古社早已不可同日而语。我保证给你一个惊喜。”

他的结束语把他俩给逗乐了。她忍不住脸一红，但被他看在眼里。他觉得她是一个美女！真是一个可惊可叹的误会。她赞成两个社团阅读对方期刊这个主意。她几乎可以想象自己穿上一件紧身裙，去赴这次小宴会，结识他魅力超凡的兄弟们，以及他们带来的姑娘小伙。但她也能想象得到赴宴的客人们瞧人的眼神，前脚有人出了会厅，他们肯定后脚就会对这人议论一番。“当真……她？”或者是“漂亮，漂亮”。两种情况都叫她觉得腻味。男生们多少都有权去那儿。女孩子则会想：“为什么偏偏是她？”这种想法很容易就产生了。

“看得出，你知道你自己在这方面是个新手，自己有了进步，但为了吃这顿饭，你们个个带了一个人向别人显摆……”

“你们谈恋爱的时候，就是那样相处的？”赫拉克勒斯将下巴搁在她的手掌上问道。

“对，哦，我也不清楚——”

“没交过男朋友？那女朋友呢？”

她抽回手，踮起脚尖，贴着他的耳朵小声说：“你去找别人吧。”

“你会吃醋的。”赫拉克勒斯压着嗓子回道。

黛挥手叫他走，接着走上了最后几级台阶，来到了房门口。“才不会呢。晚安，赫尔克。”

他将双手拢成扩音筒，放在嘴边，退下台阶，喊道：“你喜欢我。她喜欢我。她说不出为什么，她也不信，但达杨·沙里夫喜欢我！”

丑少女社春节学期最后一次聚会是在三一学院弗罗德丽莎·卡斯蒂洛的宿舍举办的。新天鹅堡之行的方案总算敲定了，接下来也没什么要紧事需要讨论，于是她们上演了一出德沃夏克的《正午女巫》。格兰妮戴着面具，坐在窗台上叼着一支电子烟在喷云吐雾（一个幽灵！一个湿漉漉的幽灵）；弗罗头枕在黛的腿上，听黛为她读《疯狂的罗兰》[①]；埃德和玛丽在调饮料；西奥端着格兰妮的饮料走向窗户，接着回到弗罗的座位；格兰妮呛了一口烟，跌跌撞撞地跑向埃德，语无伦次地说：“贝当古社会员们进来了……贝当古社入侵了！”

---

① 16世纪意大利著名诗人阿里奥斯托（Ludouico Ariosto，1474—1533）的叙事诗，又名《疯狂罗兰多》。——译者注

弗罗绝对了解内情。一准了解。她的寝室不好找。其实，谁能说那个历史性的下午发生的事件，不是弗罗和巴尼早在 9 月就已预谋，如今才能大功告成的呢？

人数虽少，但英勇无畏的丑少女社挤在弗罗德丽莎·卡斯蒂洛宿舍的窗前，望着楼下一群男人，他们许多人拿着饮料和各种零食。领头的不是他们的会长，而是斯托克韦尔的赫拉克勒斯，他兴高采烈，使劲儿地挥着一面白旗。

朵儿尼奇卡与圣马丁节的鹅

DORNIČKA AND THE ST. MARTIN'S DAY GOOSE

‚Matko, matičko! řekněte,

načs sebou ten nůž běřete?'

妈妈，亲爱的妈妈，请你千万要告诉我，

你为什么要带着那把刀？

（摘自卡雷尔·哈罗米尔·厄尔本的《金纺车》）

好吧，多尔尼奇卡在拉德霍斯特山碰到了一头狼。

我们还是尽量还原所有场景吧：她碰到的不是一头狼，而是不知什么野兽吃光了这头狼，之后用它的残骸随便摆出这么个生物。它的嘴、尾巴和爪子乱七八糟地排列着。秋天的暮色下，多尔尼奇卡看不远，所以她先闻到了一股味道，她起初还以为是林子里腐烂的落叶，尽管她从来闻不出那味道。她只能将这味道形容为熟过了头、发酸的水果。接着看见了一块毛皮，上面苍蝇嗡嗡乱飞，她捏着鼻子想，*啊，为什么，我可不爱闻这种味道*。她上山是来看一尊据说是一位异教徒的神像的。她久久地打量着它，对她来说，它依旧是一个假想。这是一条好长的山路，洒满了阳光，两旁是棕色和灰色的绳子；树桩断面上一圈圈斑斓的年轮，她绕着走了一圈，仿佛走过了树的一年寿命。她一边走，一边想着城里的生活，幸好她不过那样的生活。照多尔尼奇卡的说法，城市靠懒散、苦恼的工人们维系，工人们为其他工人做贡献，却讨不到他们的好。你也不会有另外的观点来说服多尔尼奇卡；她去过好些城市，亲眼见过这种现状，所以她清楚。城里人只跟他们熟悉的人搭腔，免得陌生人腻腻歪歪地跟他们套近乎，或者说一口一时听不懂的话。城里人个个无聊透顶。你告诉一个城里人奇闻异事，他不是打哈欠，就是照一张照片发给别人，跟着发一句“哇”。上次去布拉格买地铁票，她就犯了一个大错，她至今都想不通错在哪儿……兴许是一句过了时的措辞，她的教女伊丽莎白连连咋舌，说她是乡巴佬，没见过世面。多尔尼奇卡非但不觉得难堪，反而觉得自豪，她说：“哪天到我这个乡巴佬家里来玩呗。”就这样，伊丽莎白准备过来，但还要一个星期才能到，并且带上她自己的女儿克劳蒂。多尔尼奇卡一心盼着她们来做客，弄得她夜不能寐。克劳蒂和伊丽莎白以前也来过，一时间搞得家里满屋子女人，她们跟着收音机哼着歌，就算跑了调也唱得起劲，但她盼着她们来陪她。多尔尼奇卡爱她的工作、朋友和她生活的小镇。她喜欢这样，她转变了对以前学生的教育方式，让他们多给她写信，甚至时不时地来看她，为她带来各式各样的新闻。但丈夫先她而去后，她总也无法适应一个人的生活（她也不愿打听别人是否能习惯这种情况），常常觉得生无可恋。要不是伊丽莎白和克劳蒂来看她，她说不定当场命丧“狼”口。不过，由于她至少还得活一个星期，所以她捏着鼻子想：啊，为什么？不管怎么说，这头“狼”就是挡住了她的道路，她过不去。至于

“为什么”，想必是她红斗篷的缘故。多尔尼奇卡认定，一旦你年届六十，你爱穿什么就穿什么，谁也不会对你说三道四。但好像拉德霍斯特山……就不一样，是吧，多尔尼奇卡？

“狼”走上前，没理会多尔尼奇卡连声求它别干那种事。它掀开她斗篷的帽兜。

“哦！”“狼”说着，后退了几步，站在小路的旁边，为她闪开了一条道路。

多尔尼奇卡有些不高兴，扭头瞪了一眼“狼”无神的眼睛。

“我就那么吓人吗？”她问。

“哪里的话，哪里的话，你不必用那种腔调，”“狼”反驳道，“我不过是看你年轻罢了，没别的意思。”

“不，只是个子矮而已。”多尔尼奇卡说着，又戴上了帽兜。

“对，我明白了，你走吧。”

“你不可能是他。”多尔尼奇卡用刀子般的目光瞥了他一眼，说。

“他？”

“当然是‘大恶狼’喽。”

“狼”收起了神气，难为情地说：“说句实话，那家伙还是学的我……”

“他不是被伐木工人杀了吗？”

“对，对，不过，话说回来，他又来了，等着一场恶斗呢。这又是一个祸根。我还以为你是她来着。这么说吧，我希望你不是她。狼要大吃一顿，她才来……”

“她……”

“不用担心，不用担心，我等下一个好啦。”“狼”咕哝了一句。多尔尼奇卡不知那副腐烂的皮囊内究竟是什么。

“那好……你等吧。”多尔尼奇卡答道，接着，又往山下退了几步，想到“下一个”她叹了口气，回到“狼”的身边。“你究竟想要什么？你肚子不可能饿，你刚才还吃了一整头狼来着。”

“狼”耸了耸肩说：“你不懂。”

听它说得可怜巴巴的样子，多尔尼奇卡忍不住劝它：“来吧，你可以跟我说说呀。”

“生命力，”“狼”说，“我需要增加点生命力……你以为季节是能轻易在这遍地的石头中变换的吗？”

“我明白了，”多尔尼奇卡说，“你肯定需要很多。”

“我快要攒够了，但就缺那么一丁点儿。一点儿焕发活力和朝气的东西。”

唉，无论你是什么，你可真难闻。看了“狼”任性的外形，多尔尼奇卡觉得浑身快要散架了；她敲了敲大腿和前臂，没有变化。每次塔德斯拍着她的屁股，暗笑她“永葆青春”，她都要翻脸，但现在却是一件幸事。一群游客信步走了过来，意识到眼前是一对由来已久的冤家对头，于是对“狼”喝起了倒彩，催多尔尼奇卡快些拿下早由天定的胜利，要不是多尔尼奇卡不肯摘下兜帽、露出她的侧影，他们早拿出相机拍照。但“狼”却开开心心地摆起了姿势……

“这种装束真不寻常……有意思！”游客们继续赶路，其中一位模样十六七岁、脸颊绯红的姑娘跪在地上系鞋带。多尔尼奇卡看见“狼”动了动。

“我怎样才能帮你改变这里的季节？”她说着，突然将手指伸到“狼”的鼻子跟前。

“狼”的舌头突然从无力的嘴里吐了出来。“给我送些活力和朝气来就行了。”

“我过后就送来，”多尔尼奇卡应了下来，“但你不许再抓别人了。不要急，我会给你送好东西来的。好不好？”

“好……”“狼”说，“不过，万一……”

它抬起爪子，照着她的屁股就是一记锤击。按理说，这一下应该打折了她的骨头，但却没有，只不过疼得要命。“那就行了……”

“狼”爬上山坡，从一条岩石缝里缩了进去，等着多尔尼奇卡答应送来的美味。

多尔尼奇卡一瘸一拐地向家里走去，从山上一路走到附近一家医院的急诊室。到了那儿，她才放下悬着的一颗心，身体没有一处扭伤或骨折。但她右髋骨却肿了起来，青肿向各个方向扩大，像一个大号的瘤子突出体表。肿块的颜色也不像瘀伤——鲜得像粉红的石竹，就像伤好后留下的伤疤。乍一看见，叫人忍不住作呕。但一位医生检查了多尔尼奇卡的肿块，说她没问题，肿块会自行脱落。多尔尼奇卡穿戴整齐的时候，就好像怀孕或是左臀过于肥胖。人家对此议论纷纷，所以伊丽莎白和克劳蒂过来的前一天，多尔尼奇卡拿了一把切肉刀，脚踩着浴缸边，一刀割下了火腿一样的肿块。不出她所料，伤口一点都不觉得疼，她这才放下了一直紧绷在心里的一根弦。她就好像某个年代的病人，那时候，人们还认为放血是平衡体液的一种方法。她处理了伤口，缠上绷带，清洗、揩干了那块沉甸甸、椭圆形的肉团。究竟是脂肪，还是肌肉，还是兼而有之？她将指头插进椭圆形肿块，感觉是软的，但几乎没什么弹性。像温热的粥。温热……啊，这玩意儿千万别是活的。它当然不是活的，怎么会是活的呢？她想称一称重量，后来又作罢。她也想到把割下来的这个肿块给“狼”拿去，但那准是白跑一趟，因为这块肉不符合“狼”的要求。她把它埋在花园里的一棵白蜡树下。然后她拿出浑身的本事，又是炖，又是烤，又是焖，忙活了一个通宵，为伊丽莎白和克劳蒂做了许多美食。

克劳蒂比她小十九岁，懂的事情却比她还多；她生着一双闪亮的眼睛，可惜什么也看不见。她走路有时候用手杖，有时候不用，这取决于她的信心以及周围人的步调。在奥斯特拉瓦[①]，她压根儿就不用手杖。那年秋天，她开坛翻柜，走遍了多尔尼奇卡的食品储藏室："真香，是什么好吃的？我现在就想吃一块！"伊丽莎白和多尔尼奇卡每样东西都为她端上一份，她们一边上菜，一边尝着，可克劳蒂只闻一闻盘子，就叫她们端走。后来她走到多尔尼奇卡的白蜡树下，贪婪地深吸了几口气，多尔尼奇卡心里顿时生出了一种难以言表的不安。

"过来，克劳蒂，"她喊道，"我想请你帮个忙。"

多尔尼奇卡临时编出来的"帮忙"花不了克劳蒂多少时间，但聊胜于无吧。克劳蒂拿起一把电钻，多尔尼奇卡操起手锯和尺子，动手做了一个简单但结实的小木匣。匣子做好了，伊丽莎白从自己的包里拿出一套工具，为木匣安了一把锁。"免费，免费，希望你以后用它装你的宝贝，亲爱的多尔尼奇卡。"说完，她重重地亲了教母一口，才

① 捷克东北部城市。——译者注

回卧室睡觉。虽说上了锁的匣子里空无一物，多尔尼奇卡睡觉的时候还是攥着那把锁的钥匙，搁在肚子上的手紧紧地攥成拳头。

多尔尼奇卡跟另外十一个人包了小镇煤矿上矿工们的伙食。伊丽莎白和克劳蒂帮她送了一车车营养可口的饭菜。她们深受矿工们的喜爱，她们把午餐盒码在休息室的柜台上，看着矿工们有说有笑地过来取。好几位父亲看中了克劳蒂，想让她嫁过来做儿媳妇，不住地当着她的面为自己的儿子说好话，但其他人多半劝她别嫁给一个本地人："有机会的话，不如出去看看世界，闯一闯，克劳蒂，如果路上有幸碰上一两个男人岂不更好，但过后，在哪儿见的，就在哪儿分手！"

克劳蒂觉得双方的话都有道理。这些人远比她了解地球的运转，每次来看多尔尼奇卡，她都会想到他们在她脚下的土地内部走了好几英里。脚底隆隆传来的震动摧残了他们的身体。他们知道不会一帆风顺，千方百计地鼓励她的时候，他们已经提前考虑到了她可能面临的诸多不利因素。这其中有一个其貌不扬的小伙，他生怕说错了话，始终一声不吭。克劳蒂每次跟他说话，他都十分紧张，几乎都是以一个“呃”或“嗯”作答，她最喜欢他。多尔尼奇卡喜欢烛光，不喜欢电灯。克劳蒂在多尔尼奇卡点了蜡烛的客厅里来回走动，掠过她眼皮的摇曳烛光沉默得就好像煤矿上的那个小伙子。多尔尼奇卡请小伙来吃晚餐，谁知这邀请顿时让他手足无措，连忙推辞了。伊丽莎白是个势利之徒，说那小伙子知道有些事儿成不了。

“……或者说，这些事儿只有在他们独处的时候才能成。”多尔尼奇卡说，听着是有些气人，但这却是大实话。

万灵节[①]到了，三个女人去教堂墓地扫墓，那里埋葬着许多跟她们同姓的亲人。她们打扫秋天的落叶，将落叶围着墓碑摆出了一个花环的形状，然后根据每个人的兴趣爱好，与每位逝去的亲人做了一番亲切的交谈。总之这是一个惬意的下午。虽说有些伤感，但就几位女人的感觉来说，她们至少不觉得凄凉绝望。多尔尼奇卡趁周围没人，对塔德斯说了“狼”的事，说“狼”打了她，以及长出之后又被她割下埋掉的肿块，她说到克劳蒂循着香味走啊走，突然绝口不提那味道，她告诉他，她发现白蜡树下有过挖掘的痕迹，但挖到一半又停下了。

她分明看出塔德斯不赞成：你什么事都不该答应那家伙。

但当时不那样说的话，“狼”就要等待下一个受害者

---

① 天主教会将每年的 11 月 2 日定为万灵节，以纪念死者。——译者注

送上门来了，她已经答应了，就不能再反悔。

不过，你怎么兑现这个承诺呢，多尔尼奇卡？

不好说，不好说……

塔德斯心软了。她突然想起，她至少可以挖出肿块，装到那个新木匣子里。那天晚上，伊丽莎白带克劳蒂去拜访几位老校友，多尔尼奇卡挖出了肿块，捧在眼前，找着啃咬的痕迹或腐烂的迹象。她手指插过的洞里有一只死蚯蚓，但除此之外，那块肉依然新鲜、完好无损。实际上，它的颜色比之前更鲜艳。克劳蒂说闻起来像发酵粉和蜂蜜的味道，又有几分像葡萄干甜面包，于是多尔尼奇卡当它是一块葡萄干甜面包，锁进了匣子，又将上了锁的匣子放在衣橱最上面一层，紧挨着装着她结婚那天戴的帽子的帽盒。接下来的几天，她发现克劳蒂时不时地来她的卧室“借”香水之类的小东西。有两次，她甚至逮着克劳蒂在穿她的红斗篷，每次都险些吓得多尔尼奇卡心脏病发作，虽说她从未有过心脏病史。她钥匙不敢离身，现在唯有找个机会，点一堆小小的篝火，将肿块烧了，一了百了。

那年的圣马丁节，是克劳蒂挑的鹅。三个女人去了集市，克劳蒂问饲养场的场主潘科拉奇哪一群鹅最贪吃：“我们想要一只从早吃到晚的……”圣马丁节这天，潘科拉奇的顾客个个想买这样一只鹅，潘科拉奇希望多尔尼奇卡照顾生意，自有他的一番道理，所以她教女的女儿问哪只鹅最贪吃，他就老老实实地把那只鹅递了过去。鹅乖乖地吃了几片克劳蒂喂的莴苣叶和苹果。事态的发展似乎让它不知所措——它嘎嘎地叫了几声，伊丽莎白替它翻译："我？我……吗？准是你搞错了吧……"

"多谢了，潘科拉奇……我给你留条鹅脖子……"多尔尼奇卡在小车后座铺了一张报纸，将装鹅的笼子往报纸上一放。回家的路上，鹅一直嘎嘎嘎地叫着。她们买了一只爱叫唤的鹅，但多尔尼奇卡并不在意。克劳蒂说她觉得对不起这只鹅，早知道还不如去超市挑一只现成的得了，多尔尼奇卡翻了翻眼睛。"你这个城里的孩子呀。"她对伊丽莎白说，接着又对克劳蒂说，"等尝了它的肝儿，你就不会说这话了。"

被安顿在多尔尼奇卡的后花园以后，鹅才安分下来。鹅只吃克劳蒂亲手喂的东西，所以喂鹅成了克劳蒂的一项工作。大家都知道，鹅不喜欢人，所以克劳蒂和鹅之间发展起来的友谊可谓一桩怪事。克劳蒂在鹅吃食的时候一边跟它说话，一边抚摸它的羽毛，将羽毛捋得光滑整洁。多尔尼奇卡渐渐对鹅起了疑心，因为它使劲儿地啄着花园里的一块地——多尔尼奇卡埋过肿块的那一块。难怪克劳蒂和鹅谈得来，说不定他们就闻到的一切做了一番长谈。这只鹅出奇地能吃，可以说是多尔尼奇卡买过的最贪嘴的一只：“它都快把咱们家吃穷啦。”每逢克劳蒂敲厨房门问还有没有鹅食，多尔尼奇卡都忍不住要发一句牢骚。

伊丽莎白唯恐克劳蒂太宠爱那只鹅。“就怕她不许我们宰它，”她说，“你知道我喜欢吃鹅肉，多尔尼奇卡！”

“别怕，别怕，”多尔尼奇卡说，“相信我，鹅的日子不多了。”

她在卧室又逮住了克劳蒂，险些跟她打了一架。

“最后问你一次，克劳蒂，你来这儿干什么？”

克劳蒂扑闪着眼睫毛，嘀咕了一句鹅食的事。还有鹅食吗，多尔尼奇卡……

多尔尼奇卡突然心生一计。

那么，咱们就别拐弯抹角，照直说了吧：趁克劳蒂和伊丽莎白睡着了，多尔尼奇卡拿着肿块去喂鹅。鹅一口吞了那块肉，接着开始在花园里转着圈地跑，跑了一圈又一圈。这一幕叫人看得头晕目眩，多尔尼奇卡也懒得去看。她将钥匙丢进空匣子，为自己倒了一杯梅子白兰地，准备好好地庆贺一番。摆脱了这劳神的废物，可喜可贺。

第二天，克劳蒂斗胆拿着空匣子走向多尔尼奇卡，问里面放了什么。

“小孩子家家用不着知道。快去喂鹅吧，克劳蒂。”

可惜克劳蒂不肯去，说是鹅变了。

“它一声也不肯叫，好像明白了。”她说。

“明白什么了？”

多尔尼奇卡要亲自去看看，于是从后院拎来一桶鹅食。

鹅似乎一夜之间长大了两倍。

眼睛也大了许多。

它望着多尔尼奇卡，一副要张口骂她的架势。

多尔尼奇卡将桶往地上一扔，忙不迭地跑回家。

“明白我的意思了吧？”克劳蒂说。

11月10日是圣马丁节前夜。入冬的第一场雪即将来临。多尔尼奇卡大脑一时一片空白，这段时间恰好够她打开笔记本电脑，又订购了一件红斗篷，这次是一件儿童尺码的，特快专递送来。斗篷收到后，她把斗篷连同鹅食丢在后花园，虔诚地说：“听天由命吧。”

那天晚上，她留了一个后门，圣马丁节的鹅爬上台阶，走进她卧室的时候，她没有惊讶，连看到鹅披着红斗篷、嘴里叼着多尔尼奇卡的车钥匙，也早在她的意料之中。

“谢谢你，鹅，”她说，“我感谢你。”

她赶着鹅来到拉德霍斯特山山脚，望着它一摇一摆地上了山路，一点猩红越升越高，化为灰烬。

谢谢你，鹅。我感谢你。

连爱吃鹅肉的伊丽莎白早上也没发几句牢骚。她只是瞪着克劳蒂，要她别再想着挑圣诞节鲤鱼的事儿了。

弗雷迪·巴兰道夫签到……了吗？

FREDDY BARRANDOV CHECKS... IN?

我说过，我不是个好儿子。等我到了我父亲这个年纪，才当真体会到这一点。那时候，他因为擅自修理钟楼破损的外墙入狱。他得罪了那些认为某些东西压根儿就无须起作用的人。留着破钟楼无非是为了纪念一场内战在我父亲家乡各地的停战时间。修理机械装置看来也属于政治活动，虽说这一姿态的确切意义很难有个定论。我父亲见到第一块破碎的钟面时，认为修复它是一项积德的好事。如果修复了，无异于消除了心中憋的那口恶气，因为你就像借此获知你来是否迟了、你等了多久或你还要等多久。

我母亲自有一套办法证明人生的道理：在一个由政府发起、由一家打字机生产企业代为主办的文学奖期间，她有机会做了详尽的阐述。有一年，获奖的作家连一个理由都没给，就婉拒了这个奖项，还要求在与这个奖项有关的一切场合，不得提她的名字。我母亲不慌不忙地恭喜名列第二的作家，但险些被对方笑着搁下电话："你说这话真是太好了，可惜人家都知道我的书并没有那么好。"他说完，又提名了另一位作家，建议把这个奖颁给她，谁知被推荐的这位作家也不相信。这个奖必须有人拿，于是我母亲将候选人名单上的作家找了一个遍，可惜说来说去，无不是“谢谢，我心领了”和“哦，我不可能”，于是她只好回头去找最初选中的获奖者，又放了一些狠话，那个女人才重新考虑，乖乖地接受了这个奖。

虽说一切照旧，但我母亲渐渐有几分瞧不起作家。对有些行为，她一概斥之为“作家病”，但我认为她说的其实是不配合。总之，说到钟面，我父母可以说是夫唱妇随。她希望这个烂摊子能有人再收拾收拾，重新焕发出生机。这对新婚夫妇携手开展了这个项目，但我父亲却始终不让人家知道（哪怕只是怀疑）母亲也参与其中，一个人承担了一切罪责（以及谈资和某些人的尊敬）。我父亲在法庭上辩解说，他自以为这是借提供免费的公益服务，展现一个好公民的形象，但被问及为什么做公益不留名和趁月黑风高的时候……如果你自认为做得无可指责，何必要在这种情况下做？我父亲只能说一句：“对，我明白。这样做确实像是在干坏事。”

还有一件事是法律不予认同的：他私自闯入钟楼的门，并向无家可归的人敞开，让他们在其中安身，将形形色色的人吸引到富裕的街区，害得早在这里定居的富人与穷人为邻，以至于现在已说不清在这座城市不同区域中住的究竟是什么阶层的人了。

我父亲被判入狱三年，基本上算是好好地走出监狱，因为他是一位人才，在监狱算得上能工巧匠吧。他在处理小户人家不时发生的各种有趣的技术事故中积攒了经验，如今和我母亲在柴郡一家利基[①]酒店打工……酒店叫格里桑多宾馆。要说它如何利基，不是一时半会儿就能说得清的。我父亲是那儿的维修主管。他随口说了个薪水的数字就入职了，因为（由我母亲负责的）经营团队迄今也没发现谁愿意而且能处理得了格里桑多突然需要修理的事务。

作为小弗雷德里克·巴兰道夫，大家都指望我传承老弗雷德里克·巴兰道夫的衣钵，有时候甚至要我辞去幼儿教师的工作，加入格里桑多宾馆的维修队。

我满三十三岁后一个多月吧，获悉我母亲向宾馆老板，一位退居幕后的百万富翁打了包票，说我年内就能加入这个团队。

她在吃午餐的时候向我宣布了这个消息。

“十年后，你的生活会变成什么样？”她问。

我理会错了。“说不好，不过兴许是在一片沙滩上，捧着一本真正的悬疑小说——不是谋杀案那种，而是那种叙述者非得发现这究竟是哪一年，他为什么出生……”

---

① 利基（niche）为商业术语，利基酒店即为抢占市场缝隙的小众酒店。——译者注

如果早知道母亲以这句话做开场白，是要准备好好地谈我的未来，我会换个说法吗？恐怕不见得。

母亲铁青着脸。

“坐在沙滩上看一本好的悬疑小说？坐在沙滩上看一本好的悬疑小说？如果你就那么点儿出息，你我都完了，弗雷迪[①]。”

“好啦，好啦，妈妈……我们怎么能完了呢？我是你儿子呀。”

“我再给你一次机会，”她说，“你以后几年有什么打算？你的动力是什么？”

我谈了过去，而不是未来；结果证明，过去我既不是为自己活，也没做个乖宝宝。我记得一个写着“起义镇”的标志，但那三个字不是用英语写的。我记得人们拿着短剑东游西逛，还有一位凶悍的保姆，她轻轻地哼起摇篮曲，旋律撞击着她的牙齿：睡一会儿吧，小宝贝，要么就一睡不醒……

“那是我的童年，不是你的，”母亲打断了我，“你的童年着实荒唐。我观察了你六个月，除了跟一帮婴儿坐在沙坑里过家家，你只会鬼混，去画廊、酒吧、电影院和几个朋友的家。看看你成了什么样子！我找过卖你毒品的毒

① 弗雷迪（Freddy）是弗雷德里克的昵称。——译者注

贩，他说你其实没买那么多。你既没做过好事，也没犯过大罪。你真的认为你要继续这样过下去吗？”

“那我该怎么办？”

“你下周到格里桑多宾馆来上班。”

“我？别人不能做吗？”

“不能，弗雷迪。非你不可。”

这纯属性别歧视：我妹妹奥德特比我能干。我当场指了出来，但母亲似乎听不进去，提出要我到宾馆跟父亲学几个月，掌握我还不会的技术。我告诉母亲，在培养“南瓜子班”的孩子灵魂的关键时刻，我不愿也不能一走了之，丢下他们不管。母亲说她的工作马上要朝夕不保了。母亲手下一个满脑子鬼主意的女人一直在觊觎她的职位，巧妙地将母亲排除在圈子之外，害她错失了重要指示，不知道许多该她负责和完成的工作。母亲的压力可想而知——从她一向严格按国家规定的标准梳的发型就不难看出；但她现在梳起了发髻，这是我以前从没见过的。

这事儿明天再说吧，说完，我去了妹妹住的公寓，兄妹俩谈了一夜。我们俩都非常喜欢格里桑多。它的一个主要特色是能给你足够自由的空间，在那儿你可以隐藏自己。室内的陈设暗红和深紫相间。走在大厅里，你仿佛踩着葡萄和李子，沐浴在红酒般的颜色中。大厅里建了三间电话亭。电话号码自动隐藏，为说谎提供了天然屏障。有一天我替父亲跑腿，完事后正要离开宾馆，只见一名身穿风衣的男子摇摇晃晃地走进一间电话亭。他胸口上探出一把牛排餐刀模样的东西，想必一路滴着血进了电话亭，此后又汹涌地流了许多，尽管我没看见多少。血近乎完美地切合了这里的色调——每一滴都均匀地融入了进去。

为防不测，我留在电话亭附近。胸口插着刀的男子拿起电话，拨了一串号码，对电话那一头的人说他下班迟了。“喂，是我，好吧，给我留一块！”他语气抑扬顿挫，要不是亲眼看见，你绝不会相信他身上插着一把刀。他又打电话叫了救护车，接着瘫倒在地。那人深深地打动了我……他打动了我。他等急救医生的时候，眼睛忽明忽暗，但他抓住刀，紧紧地抓住刀。他似乎引以为荣，非常自豪。比起毁坏血肉之躯，他更在意撕开他血肉的刀，他手握着刀，就好像它结合了奇迹和灾难，要么赋予了它神性，要么证明了它有神性。在隔着玻璃呆呆地凝视着的小伙子眼里，这名男子似乎在努力成为一位受人尊敬的人，永远生活在刀尖上，他的内脏遮住了刀尖的光芒。他绝对是我见到的第一位对生命的逝去无怨无悔的男人。我当时在想：哦，好吧。我不介意是这样的结果。

在格里桑多前台，客人什么要求都可以提，什么要求都能得到满足。奥德特当班的时候，一名神经兮兮的男子要一纸凭证，证明这栋楼的地基不可撼动。这人确信他遭到一种爱打洞的动物的追杀，这种动物就在他住的每一栋宅子下面，每年将地基抬高一英尺，这动物的长期目标是要把它的猎物举到高处，让他一辈子也到不了人类同胞生存的世界。母亲对这人深信不疑的事未置一词，但给了他一纸凭证，声明格里桑多宾馆下从未有过也绝不会有其他任何动物生存的空间。不知什么缘故，宾馆的客人唯一不能提的是鬣蜥皮钱包。提出这一要求的女人被告知："滚出去，永远也别回来。"门童将那个客人的行李往街上一扔，说："鬣蜥皮钱包？你以为这是什么地方？"

据我所知，那是唯一一次格里桑多客人的要求未被满足。有好些年，我和奥德特都认为我父母千方百计地满足格里桑多客人要求的做法近乎病态。奥德特对我说过，就某种意义上来说，宾馆和客人就如同那座破损的钟楼，只不过父母从这辛苦的工作中得到的是报酬，而不是处罚。

"纵然如此，他们在那里奉献了人生最美好的时光，那是他们的事——但现在他们还希望搭上我的人生？"我是这样对奥德特说的。奥德特说我忽略了一点：如果我们了解父母，会发现母亲的职业价值观取决于父亲。她被看作发挥他才智的贤内助，久而久之，她渐渐认为这是她的本分。母亲将老巴兰道夫带进了格里桑多宾馆，现在又无论如何也要把小巴兰道夫带去。

“我说不好……如果我认命，我的形象不就一成不变了吗？那对母亲真的好吗？”

奥德特眨了眨眼睛，说我其实是要毁了这一形象，因为我怎么也不能跟父亲比。

“谢谢，妹妹……多谢……”

“但是，我能比得上爸爸，说不定胜他一筹。”

奥德特的自信有根据吗？我认为有。她一直想掌握父亲希望传授我们的本事。我们问父亲，我们两个人，他更愿意跟谁一起共事，他说：“显然是奥德特。”妹妹是一名自由职业者，靠做水管工赚了一笔大钱，但她如数交给了父母。她无怨无悔，说她喜欢这项工作，明白父母为什么一心扑在格里桑多。我请她好好说说，谁知她变得很激动，这让我觉得心里空落落的。

另外，我一时无所适从。母亲开始当我压根儿不存在：“你想想，如果我就生了一个孩子……一个把心思全放在什么‘干草籽班’的，白费了我一辈子心血的孩子。”她对奥德特说。礼拜天晚上，我和父亲照例在酒吧度过，可惜今非昔比。我还没体会到争取到父母的支持对我的意义。为了这一天，母亲为我们付出了许多心血。她和父亲平摊了抚养我们的工作，碰上没空的时候，他们就找信得过的大人陪我们，掌握我们的动态、兴趣、爱好、好恶（有真有假），更别提突然长个儿、情绪波动、期待他们的关注以及千方百计地躲避他们的监视了。我记得母亲一再夸我们心地善良、脑子好。她说这话的时候，我们会道声“谢谢”，听起来好像我们感谢她那样看我们，但实际是我们感谢她传给我们的优点和美德。她不相信我一心扑在教学上，她说得没错。她希望看到我们的善良和聪明用在正道上，可惜我不信人人都应该那样活，或者能活成那样。

阿以莎跟我说……她跟我说了什么来着？她能跟我说什么？她是一位制片人，“前途无量”；惯于做表率，而不是流于口舌。那么，她为我做出了什么表率？不胜枚举，但又并非样样做出表率。我们住在同一栋楼，在楼梯上碰过面。那次我忘了带钥匙，等我的合租室友皮埃尔回来。他还要很久才回家。你知道，以推动“罂粟花班”走向社会为职责的教育者，不过是皮埃尔这个关键人物白天的身份，到了周末，他又变身“听见了没，邓肯”乐队的主唱，他们的爵士乐演奏会长盛不衰。当然，我打不通他的电话，住在我们这条公交线路上的朋友看来都在参加爵士乐演奏会，于是我坐在门口，一一翻看别人给我的名片，拨了名片上的手机号码，可惜每次听到的都是语音信箱，因为人家不愿接陌生电话。

阿以莎从我身边走过的时候，我正给一个人留一条不着边际的语音信息，说我经过邻居门口的时候，一时兴起，手伸进了信箱，谁知被门背后一个看不见的人紧紧地抓住了那只手——这是真事，我从没那么害怕过，也没跑得那么快过。打我身边走过的阿以莎听我说这话，笑了。我是一个普普通通的小伙子，除非阿以莎对我有意思，否则不可能给我个笑脸。我跟她说我忘了带钥匙，千方百计地寻求她的同情。她问我有没有车，问我们能不能开车去带搭顺风车的背包客，把他们送到目的地。她说她一直想做这件事。“能呀，我也想呢！”我说。我们驱车上了 A534 号公路，谁知磨破了嘴皮，也劝不动人家搭我们的车，大概是我们的样子太急迫了吧。我们黎明时分才回来，皮埃尔早就到家了；要是他没回来，还不知道会出什么事呢。

阿以莎从我们门前经过时，喜欢敲敲我的门，邀我过去看电影什么的，但每次她都要迟半小时，有时候甚至四五十分钟；没准儿我等上一个多小时，她却浑然不觉。执着似乎打动不了她，我唯有想个办法令她对我刮目相看。我仔细考虑过这事儿，可惜仅仅止步在考虑，和我们彼此的挑逗一样浅尝辄止。我们的身体缠绵，点燃的激情压倒了理智，占了上风——你可以想象一下声音——半是打嗝半是叹息的声音表明她喜欢我舌头的感觉。于是我们各自采取了我们喜欢的方式，欲念高涨，最后她抽身躲开。尽管我们赤身裸体，尽管抚摸、轻抚的感觉多么美妙，尽管我用膝盖分开她的双腿，她的下体是多么湿润，就是不允许我进入。我望着她的眼睛，看见她眼中的饥渴，但也不乏厌恶的意味。接着她一把推开了我。

除非浪子回头，一个苟且偷生、碌碌无为的男人是不是永远也得不到爱？还是她要将自己留给诸如薇洛·罗森伯格或留着邋遢发型的西奥多·劳伦斯之类的一个虚构人物？还是说另有其人，有这么一个真实存在的人物？她这么做，是不是要我亲口对她说，我想要她？我说不出那种话。因此，如果她现在不想要，那我不能勉强。这听起来再明白不过，但我从别人那儿听来的故事，说明别人不是这样的。我认为答应不过是一个向后的动作——一跳或一倒，承认也好，不承认也好，任谁也说不好那是不是欣然应允。说不清你是主动还是被动，只会招致异样的眼光，自取灭亡。

皮埃尔说，听你说的，阿以莎好像“不想要男人”。

“照你说的，她想要女人喽？”

“也许吧，但唯独跟你相关的是她不想男人。我不过是说……算了，有那些个家伙，他饥渴无比地想睡你。大概有些倒人胃口吧？”

我总是指望着皮埃尔实话实说，或者为我提心吊胆，或者兼而有之。

阿以莎的其他感情暴露了她的本来面目，所以我才不敢贸然行动。她非常喜欢看电影，所以我常常能在电影院找到她，从她心爱的事物中能看出端倪。我晓得她听到一条命令却无意执行时，会傲慢地撇着嘴，拖着腔说，哦，亲爱的，别让我发脾气，你不知道后果会怎样！这女人丰富的性经验让我捉摸不透，但我理解她。阿以莎以前一直想写诗，因为她爱读诗，可惜她不是写诗的材料。后来她又想写散文，但意识到她写不了生殖器的事儿，也就懒得费那个心思。“真正的作家还要写得了身体。他们必须写。那是我们的居所。”

因此，阿以莎的软肋无非是不希望我被肉欲牵着鼻子走。肉欲想必是一个大名鼎鼎的叛徒，是夜里始终都能见到的那位城主的女儿，披着星光，一边轻声地哼着歌儿，一边拿一根天鹅毛撩拨着空气。肉欲，守城人的女儿，没人会把她当成威胁，直到她从望远镜里看到敌方军队攻向这座围城。夜幕降临时分，她匆匆穿过寂静的大街，去城门口迎接敌人，打开了城门：你们可以拿走任何东西，放一把火，将余下的烧为平地。

……一切结束的时候，谁也说不清这个小家伙背叛的动机，怎么着都叫人想不明白。她辩解说是梦游，历史学家们仔细分析了她的供述。这就是肉欲的罪过，一个属于我们城市的孩子。但不论你对她做出什么评价，她一概不予否认。她会吗?

我不知不觉地又变成了失业状态——我成天在格里桑多的门廊里转悠，没心思去工作。宾馆里说不定有人用得上我的技术，那我就可以和家人一道，延续巴兰道夫家有待商榷又不可或缺的技艺。可惜人家不用我。我望着母亲拿着对讲机跑前跑后，我爸和奥德特挎着工具腰带东奔西走。我错失了机会?在我花光仅有的积蓄之前，我决定在树立志向的同时自寻开心。我偷了贵重物品，得手后又不想留着它们，也懒得去卖。于是我趁人家没发现失窃之前就还了回去。最机智和最开心的一次（那次得去伦敦，我仔细装扮了一番，操一口连最后一个音节都分毫不差的维也纳腔）要数不声不响地偷窃和归还老庞德街蒂芙尼首饰店的一条钻石项链。我差点没将项链放回去，但阿以莎不喜欢它，我又想不出能送给谁。钻石一副脏兮兮的样子，得手后我首先想到的是要好好擦一擦。

阿以莎拍了一部短片，这段时间，我看了好多遍。片子叫《致命的米黄色》，背景是“冷战”时期的圣彼得堡，讲述了针对一对中年兄妹的双重精神摧残。兄妹俩住在一栋宅子里，都是老党员，同为一家宣传机关的作家。一天夜里，他们接到了莫斯科下达的一纸通知，现在是他们为巩固党的力量尽一份力的时候了，他们要举报身边党员的可疑行迹。兄妹俩其实就是一对密探，既要调查身边党员的活动，同时又要千方百计地阻挠这项调查。由于不得讨论这次的“考察任务”，兄妹俩看不出圣彼得堡的其他同事对此是否知情。他们也不清楚由谁向莫斯科汇报。他们接到的信上盖了一枚货真价实的公章（只不过没有人名落款），因而也不能推托。这封信深夜交到了他们手里，妹妹从一只颤抖的手中接过信件，送信人转身刚离开门口，就被一名狙击手一枪毙命。接着，兄妹俩又听见外面连连传来远近高低各不同的枪声，说明狙击手又遭到跟在他身后的狙击手的毒手。拒不从命无疑是蠢事一桩。敷衍了事也不会有好下场：如果兄妹俩不能圆满完成任务，都要受到“惩罚”——这究竟是什么意思，每次任务失败后的加倍惩罚，说的又是什么？第一项任务是撕掉信件，把它吃掉。为了接受指示，他们要轮流去郊外一座荒废的宅子，去找写在一间卧室墙上的本周指示。指示要求他们建立各个阶段的联络，用密码撰写看似毫无意义的汇报。他们看过并记下指示后，要将它涂掉。兄妹俩不得同时进入这座宅子，所以她一个人进，他也一个人进，只要注意不去看对方的眼睛，捏造诋毁对方的谣言也算不得大事。另外还有一种担忧：他们建立的一些阶段性联络感觉过于真实。

兄妹俩郁郁寡欢。他们想不明白，自己一向小心谨慎，这事儿怎么能摊到他们头上。一名同事吃午餐的时候开了一个玩笑，说就凭他们兄妹这对奇才，可将莫斯科的某人搞下台；说他们虚伪，采用这种不正当手段逼同事们自掘坟墓。大家望着这对兄妹终日里为些鸡毛蒜皮的小事吵个不休，不痛不痒地聊几句邻居的家长里短，这表明这二位写的每一句赞扬从一开始就是彻头彻尾的假话，真是令人遗憾。他们断绝了与亲朋好友的来往，说他们不过是点头之交。他们在寻找他们的灵魂，分辨杯底茶叶中野马的身影……这些究竟是什么？“马儿要我们喝比茶劲儿大的酒。”这个建议非常重要——兄妹俩不想多说话，他们深知，酒能封住他们的嘴。于是他们盯着对方背后宽阔的、安了窃听器的墙，在厨房的餐桌旁，不动声色、互相蹭着膝盖喝起了酒。

这是一部会令人产生错觉的影片，与其说是在你眼前展现一派生动的场景，不如说是蒙蔽了你的双眼。说是看电影，不如说感觉电影；紧张感模糊了画面，到了最后，你看不透、说不清这对兄妹的人生。看样子，他们自己一样似乎看不透、说不清楚。这部影片似乎批判了书面语及其对人的束缚。墨守成规的人倒霉了，不相信的人也要遭殃。

我对阿以莎说了这事，她摇了摇头。

“这是一部木偶戏。”她说。对，是这么回事儿。影片中的兄妹由一对女性模样的木偶扮演，由一位歌手和一位木偶戏演员配音，两位都是阿以莎继父的朋友。妹妹高出哥哥一头，是一个木质木偶。哥哥的质地是金属，那是我见过的最引人注目的一张脸，全部由粗糙的鳞片制作——鳞片做的眼皮，一枚纽扣形状的鳞片做的鼻子。他说话的样子，仿佛大海在咆哮。

我决定给我妹妹奥德特看看这部影片，在格里桑多宾馆门厅等她时，我连接了无线网，在手机上又粗略地看了一遍。一个男人拍了拍我的肩膀，我抬起头，见是一名黑人，跟我父亲差不多年纪，比我矮半头，留一把大胡子。我以前见过他，可惜又一时想不起在哪儿。那人说着什么。我摘下耳机。

“……看着不错啊，弗雷迪。近来可好？”

“好，好着呢，谢谢。您呢？”我一时想不起他是谁，但只要我们其中一个人了解情况，聊聊又何妨？

他用胳膊肘捣了我一下，使了个眼色。“见到我很意外，对吧？以为我死了是不是？”

他一说这话，我顿时全想了起来。这个男人应该早已不在人世了。他是我的教父，上次见他还是我接受洗礼的时候。我猜自己应该去参加过他的葬礼吧，但又吃不准，我参加过的葬礼太多了，都搞混了。

“天哪，对！这么说，你还活着？太好了。你是怎么办到的？我是说，你……”

“是的，我驾船出海了。”他眉飞色舞地说。

“对，驾船出海。你驾驶你的小船环游世界，后来遇到了古巴飓风，船的残骸被冲到了各个海岸……”

“我早就扔下那艘小艇了，弗雷迪，”教父平静地说，“我不是航海的材料。我不过是临时心生一计，想摆脱老婆孩子罢了，真的，所以我一到佛罗里达，就把小艇扔下，任它随波漂流。”

“好让你的家人以为你遇难了，对吗，让－克劳德？”

“没错。我在格里桑多住了好些年。”他手在口袋里动；我猜得出他在干什么——他指头绕着房卡的外缘转了一圈又一圈，再登记入住，遵守这里的规矩，他在做他应该做的事。在对一把钥匙行使所有权之前，你一定得仔细看看它。这不仅在于你事后要认识它，而且在于打量一把钥匙是为了了解这把锁的作用，深入一点说，是了解这把锁背后的整个机构。一旦你入住格里桑多宾馆，这辈子都不用结账退房：我猜死亡也是这种滋味。许多故事都是这样，直到死人想去却又无法到达一个陌生的地方，他才会发觉自己已经死了。亡魂只能去他们去过的地方，那才是留给他们的活动空间。不过也要看人，活动空间很广的也不乏其人。但不论钥匙的主人是否游历甚广，格里桑多宾馆每间客房的房卡都是圆的；如果签住宿协议前你拿起钥匙擎在手中，的确对它感兴趣，那么它的外观就暗示你不管要去哪里，一定、总能回到你在格里桑多的客房。

“这里漂亮、清静，每天早上都有按我的口味做的鸡蛋，”让－克劳德说，“我被缺席判决与亚娜离了婚，后来她再嫁了，过得很好。你瞧瞧我儿子过得多好！”我的教父翻开一本名流杂志，给我看了一连刊登了四页的他儿子住的豪宅。基大老玛·纳赫尔的“锁之宅”！奢华！神秘！

“基大老玛·纳赫尔是您的儿子？”我冲让－克劳德挥了挥手机，“你知道吗，他就在我看的这部影片里。”我们说话的时间，影片结束了。我又放了一遍。让－克劳德的目光将信将疑地在我和手机屏幕上扫来扫去。“我看到的只有木偶啊。”

“对，他为哥哥配的音——”等到屏幕上只出现一张银色的脸，我调高了音量。让－克劳德听了一会儿，然后点了点头。

“那么，这部影片叫什么来着？”

“哦，这是我……女朋友的片子，她自编自导的……”

让－克劳德一把抓住我的胳膊。“你认识我家基大老玛？”

“哦，不认识，不过……对了，你希望……你们父子二人重逢吗？”我总算抓住了机会。我为让－克劳德和他的名人儿子效劳的机会来了。这关系到我跟母亲是否能重归于好，她能否再度认可我的生活方式。可惜让－克劳德无意父子团圆，他的会计强烈反对这桩美事。让－克劳德反而请我把他儿子从一个危险人物的魔掌中解救出来。

“危险人物？”

“她的名字，”让－克劳德恶狠狠地说，“叫堤喀·萧。”

“真的吗？”

“你听说过她？”

我又敲了敲手机屏幕。“妹妹就是她配的音！”

让－克劳德又胡乱翻着另一本杂志，最后找到了基大老玛与一名高挑、丰满的黑人女性手挽手走出门的照片。她绾起头发，露出一截脖子，让我想像B级电影里的吸血鬼一样咬上一口。没想到她是一名木偶戏演员，也给这本杂志写标题的作者也同样没想到：纳赫尔的神秘女士……你认识她吗？欢迎来稿！

“弗雷迪，”让－克劳德说，“我观察你好些日子了。”

“观察我？从哪儿？”

他指着最远处一个电话亭背后的一棵盆栽棕榈树。“那后面有一把椅子。对，我一直在那儿观察你，看样子你过得不错，的确不错，但你似乎缺乏主见……”

我无法反驳。

“你想得到一份报酬丰厚的工作吗，弗雷迪？”

“这个……想啊。”

“行！我开你这个……”让－克劳德在最上面一本杂志的封面上写了一个数，“只要你能尽快拆散这一对。”

“这个数很高。我得问一句，你何苦要下这么大的血本拆散一对情侣？”

“我做了调查，得知了堤喀·萧的底细，”让－克劳德说着，眼睛转向茶碟，看了一会儿，“你别问我他们是什么关系，我只能告诉你，她不是我儿子要找的那种人。请你救救他。就算不为了钱，至少是出于正义吧。”

“我愿意尽力而为。不过这事儿，你问过门房和我母亲了没有？”

“当然问过，但他们说只能满足在宾馆里能够满足的要求。”

“我明白……哦，你不用担心，让－克劳德。这事儿交给我好了。”

“真是一个喜讯，弗雷迪。不愧为巴兰道夫家的风格！”

我就要挣一大笔钱啦，可惜这一前景却让我高兴不起来。大概是执行这一任务的过程中，我情绪会越发亢奋吧。不用我催促或旁敲侧击，阿以莎就将我介绍给了基大老玛：要是她发现我是他的粉丝，不知是否觉得好笑。

阿以莎的朋友就是我的朋友……

基大老玛·纳赫尔走红已久，渐渐习惯了过好日子，对玩伴一掷千金。只要你看上了他的东西，他都毫不吝啬，哪怕割他一块肉安在你身上，他也会欣喜若狂——那是分内的事。他直率地承认，堤喀是他的初恋，只要人家愿意听，他都大大方方地承认。他所到之处，都少不了讨人喜爱的、曼妙的堤喀·萧。两个人形影不离，肌肤散发着说不清的味道——一股黏糊糊、硫黄味的甜蜜。他还没老到不能初恋吧？她是一个什么样的人？既然让-克劳德不肯说他了解到的情况，我只好自己调查。她是一位木偶戏演员，远远称不上名家，尽管她的确有几分像拉达·乔杜里和古斯塔夫·格里马尔迪。阿以莎又随口补充了一句，说堤喀·萧还做一种奇怪的工作。奇怪的工作？阿以莎的言外之意莫非是她做皮肉生意？

基大老玛貌似亲切厚道、彬彬有礼，堤喀也一样；如果说谁脾气暴躁，那也是隐藏得很好。但这也没关系，我是去棒打鸳鸯的。他们如胶似漆，对什么都不以为然，还用充斥着性意味的话语攻击我。我对此无动于衷，也只是因为没办法对此有什么情绪。但这两个人在我的脑海中灌输进了最下流的成分——我看着他们不安分的手，看着阿以莎的《致命的米黄色》，不去理会眼前浮现的形形色色的神圣、扭曲的尸体都裹着绸缎床单。我看到、摸到的身体和我、阿以莎、基大老玛与堤喀的身体纠缠在一起……

连木偶们都插上一脚。我去勾搭基大老玛，暂且不说我一贯不够热情、主动，让－克劳德的儿子对我的魅力也是无动于衷。说到阿以莎，他说如果谁胆敢伤害她，恐怕熬不过他和阿以莎继父留在他身上的伤。他说这番话的音调悦耳动听，我许久才回过神，明白他这是在警告我。

事后我出于无奈，趁护花使者还没告诉阿以莎，连忙拉她入伙。我刚一对她和盘托出，她就上下打量着我，露出一副异样的神色。

“这么说，你好日子过腻啦，不想过啦？”

“不想过了。”

“你以为那是一个症结？”

“显然是的，这是一个渐渐疏远我与家人关系的分歧！”

“要是我告诉你，我对基德和堤喀非常了解，可以十分肯定地说，用不着你拆散他们呢？”

“那我也要去。我言出如山，说一不二。我跟让－克劳德说过……”

“还提让－克劳德呢。”阿以莎说着，狠狠地搅了搅她的茶。

“哦，别。”

“好啦，别管让－克劳德啦。我跟你说，弗雷迪，你是我的人，只要我们联手，就没有办不成的事。我告诉你怎么拆散他们……”

“你的人……没有办不成的事……什么事都不在话下，你的人。”我自言自语道。但她听见了，然后问我还好吗。

“我？是吗？我是说……是的。一向如此。对不起，你刚才说到哪儿了？请接着说。”

阿以莎认识一个专干“拆散情侣”勾当的家伙。她提出找个晚上带上他和堤喀，多灌他们几杯酒，然后顺其自然。我们说干就干。后来发现这个专门干棒打鸳鸯之事的家伙是我合租的室友皮埃尔，我只能假装这个发现是很好玩的事情。

堤喀和基大老玛出双入对。这对情侣人缘极好，两个人情浓意浓，跟我们也相处得很愉快。他活泼开朗，她妙语连珠、说话头头是道；两个人一再展露爱幻想的脾性，讲述他们的愿望和打算。与此同时，皮埃尔喝了一杯又一杯，但没喝醉。他还意味深长地望着阿以莎。我喝了一晚上的水，实际上是大口大口地灌，就为了让自己冷静下来，不至于喝得酩酊大醉，便于我保持思维敏捷，免得浪费了这个晚上。厨房案板上放着堤喀和基大老玛喝过酒后又放在那儿的杯子。我趁人不注意调了包，留着下一步计划用。

基因检测结果令人失望，堤喀和基德毫无血缘关系，我只好做了点手脚……我仔细看了一遍结果，请教了有这方面知识的朋友，接着动手篡改了几处细节。归根结底无非是为了彻底唬住他俩，让他们看不出破绽。我强调，这不是为了让－克劳德的堤喀恐惧症，也不是图钱，甚至不是为了向我母亲证明我是巴兰道夫家的种，担得起任何任务。我请他们来格里桑多的酒吧见我一面。

“怎么回事儿？”基大老玛问，堤喀对着放在我面前案板上的两个信封沉吟了片刻，才问我里面装了什么。

我大脑一片空白，结结巴巴地说着事先准备好了的话。有几句说的是始终不了解我们的父亲，我们不过自以为了解他们，父亲们的暗中鬼混很可能导致我们身边有许多血肉相连的兄弟姐妹，而我们只能无意中发现这种关系。

“他说的究竟是什么呀？”堤喀望着我，问基德。我耳中响起了理性的声音，反复地回响：*弗雷迪丧失了理智。*丧失了吗？究竟丧失了什么？啊，对了——我发现了我真正需要的东西。我真希望堤喀和基大老玛相信我撒的谎。如果他们信了我，不再来往，那我就赢了。如果他们信了我的话，却依然在一起，那……好吧，那又是一个值得一看的版本，哪怕这意味着我输了。我心里想着，要不是他们来的时候，浑身上下散发着那种恨不得让我癫狂的味道，我恐怕不至于做得那么绝。

一本日记锁起来，
兴许有它的道理，
你说呢

IF A BOOK
IS LOCKED
THERE'S
PROBABLY
A GOOD
REASON
FOR THAT,
DON'T YOU
THINK

每每见人走出你上班的那栋大楼的电梯，你无不希望电梯门是玻璃做的。那样的话，在他们真的过来前，你就能事先看见来人是谁，给你充分的时间酝酿出恰到好处的表情。你的新同事穿着一身比职业装稍显随意的打扮走出电梯的时候，你还没做好准备，好不容易才说出一句“你好！”她生着一张瓜子脸，略施胭脂的脸颊，干净利落、整齐的短发，与其说大、不如说长的眼睛。她是个黑人，但不是本地人。这位新同事穿着皮靴、牛仔裤，那副波希米亚的从容，令人忍不住想问她从哪儿买来的。“哦，你知道。二手商店。”她咯咯地笑着说。你的邻桌乔治插嘴道：“慈善商店？”新来的同事说：“对，旧货店……”

她的纽约腔夹杂着大概是美国中西部的口音。她叫伊娃，态度谦和，并不冷淡……但与工作无关的问题，她一概不问。她回答问题一向三言两语，无意深谈。进了女盥洗室，你常常发现镜子前站了一排的同事，挑剔地审视着自己，接着一一补上一抹胭脂和口红。她们一般在一天工作结束的时候补妆，但现在你的同事都在宣示着，绚丽夺目的可不止伊娃一人。轮到你站在镜子前，你摆弄着衬衫，卷起袖子，不经意地露出肌肤。

伊娃顾不上这种打扮，她连午休时间也在加班加点地工作，右手敲着键盘，左手拿着三明治。你跟自从到这儿工作以来一样，也在座位上吃午餐，望着她第四次拒绝了人家邀请她一道吃午餐的提议，你对她说："你干脆跟人家说你独来独往不就好啦。反正我是这么说的。"

伊娃对着电脑屏幕，连头都没抬，过了一会儿，看她的样子，好像她不打算理睬你，但她终于说了一句："哦……我不是独行侠。"

好吧。你又回去忙自己的事，数据判读。你打了几个电话，查找遗漏的文件。你们公司的存在，是为提高其他公司的劳动效率，优化生产率；你和伊娃在这方面起的作用是为每个雇员附上一个冷冰冰的货币价值，将这些数字提交上司，以辅助他判断将谁列为冗员。你上司们的工作更为细致。他们常常走进办公室，观察正在被考察的员工，在他们的最终推荐中列上可以称作"潜质"的神秘优点。你旨在早日升职，因为纯粹看年收益波动的高管已经着手提拔你。你却更看中这些数字背后的来龙去脉。四年前的2月到5月，编号为QM76932的员工生活究竟出了什么状况——为什么这些数字大幅下跌？过后这一数字又开始增加，稳定至今。但QM76932果真是一名可靠的员工吗？

他究竟遭了什么不幸，以五年为一个周期，反复出现，与结果稳健但始终如一的人相比，他们并不保险。但就好像苏西说的：许多老板情愿外包这种评估，在于背景和业务素质养成了他们优柔寡断的性格。苏西刚升职那会儿，一般懒得谈论潜质。"相比坐办公室的顾问，我们才是执掌大权的人。"她说。这话听起来符合你的境地：你在办公室苦思冥想出来的模型，要么被证明有利可图，要么被认为一无是处。不过，你的上司还得多跑几趟腿，说说他们的意见，所以你和苏西才为了升职，勤勤恳恳地工作。

但最近……最近你总想左右既定的人选。你最近看中了一个人，看他的样子，就知道他准要被炒鱿鱼，你打定主意要帮他们一把。你战战兢兢地操纵数字，又担心有一天会东窗事发。确实会，但检查的人不过是出于好奇，大家都知道你一丝不苟。此外，你的老板恐怕怎么也想不明白，为了一串与你无关的数字和字母，你竟然做出这等事。这组数字和字母事关一个人，一个真真切切的人。你始终不清楚你评定的人结果会如何，所以你做的事叫你格外为难。你何不另寻一个目标？一个至少你有望了解能否实现的目标。说句实话，你算得上一个怪人。不过，一旦你自认为手脚做得太过了，你会想到你的外祖母，然后接着干。外婆是你隐秘的灵感所在。你母亲的母亲当年逃出一个垮台国家，带出了许多贵重物品，以及一想起那段恐怖的岁月就匪夷所思地变为一片空白的记忆。不过，她对其他事的记忆却出奇地清晰，比如说物价变动。只要一说起幸存者，你外祖母就情绪激动；说到物价降了，可以买到更多东西时，她则一概不信。场面上的说辞是外祖母身为牙医的高超医术给了她资本。但从她的为人来看，阴谋算计很可能占了一大部分。你着意不去怀疑她，可她却乐此不疲。

不过，想到一些证据表明外婆无非是一名普普通通的牙医，你和家人的心情会不会一落千丈？众所周知，好牙医是忠厚诚实的人才配交得上的好运，倘若如此，她无异于一个提心吊胆却又果断的女人，双手紧紧地攥着好运，确切地说，她是一名提心吊胆、果断、正直的牙医。可惜她只字不提这事儿，这才是症结所在。你不全明白，至少心悦诚服吧。还是心有不甘？

你外祖母的天主教信条源于对两位守口如瓶、流芳百世的圣徒的认可：圣约翰·内波穆克，他因誓死保守殉教者祭坛的秘密被公开处死；另一位是圣约翰·奥格尔维，他因拒不交出他的同道中人而英勇就义。你祖母脖子上戴了一个小金盒，以此代替十字架，小金盒内装着一幅微缩的油画，画中描写了圣约翰·内波穆克、几名戴着高头盔的军人、几名吓坏了的看客、四位天使和一匹马。画中的军人正要将圣约翰·内波穆克推下布拉格的查理大桥，但圣约翰·内波穆克凛然无畏，他抬头望天，仿佛听着将来的忏悔，提前为行刑者求情。圣约翰·内波穆克的表情似乎在说，圣父啊，本性难移啊。那匹孤零零的马似乎表示同意。当时是16世纪，天使们等着带圣约翰·内波穆克长眠河底，那儿有五芒星光环接着他。这是你外祖母难得提及的一幕，不过，你常常看见她一只手握着合起来的小金盒，像是盘算着要不要从项链上摘下来。

你们要怀疑我，尽管怀疑好了。

我多说又有何益……要让你们这些人信服，难道得靠耍嘴皮子？

你们这帮傻瓜。

你外祖母撂下了这番话，接着你和你的兄弟姐妹连忙说："不，不是那个意思，您说什么呀，这是哪儿的话，您这么能这样想呢？"你们的视线却躲躲闪闪。

那年你才上幼儿园，外祖母出人意料地从你的兄弟姐妹中看上你，宣布你是她的接班人。起初看似由她出钱供你读书，这对你的父母以及兄弟姐妹都是一桩好事，因为可以借此机会多多走动。你由衷地感激，但这也是你一辈子的责任。在你成长的那几年，你学东西多半是她出钱，自认为你是她的人。需要助兴的时候，她一个电话，你就得穿上正装，带上提琴去她家，为她和她象棋俱乐部的朋友表演乡下人的舞蹈。只要你惹她不快，她就拿你母亲撒气。你们一家人都认为，外婆的生活无论如何都无法自理，你是她驻家的伴儿。（你受的教育当真那么令人满意？）所以一想到她，你心里就会想，趁你还有机会，不如尽你的力量去照顾她。

伊娃越来越讨人喜欢，即便她近来越发寡言少语。苏西一般一心扑在工作上，她费了好大的劲儿才让伊娃开口说话。凯瑟琳趁午休时间去购物；她买的东西一向秘不示人，不过你偶尔瞥一眼她藏在抽屉里的小物件——看起来都价格不菲，照搬了伊娃慈善商店的风格。几位同事主动对伊娃说了他们的私生活，为的是看她如何应对，但她一味哧哧地笑，不予作答。你想问问，她是否深信自己不是一个独来独往的人，但却说不出口，因为她不理睬你的劝告。后来伊娃的职场命运又发生了变化。一个星期一的早上，苏西爬上楼梯，一头冲进她的办公室，上气不接下气地说："伊娃，有人要来见你！她坐电梯上来了，她好像……在哭？"

玻璃电梯门还有一个好处。但对伊娃来说却另当别论，看来她已经知道来的是什么人，扭头到处找藏身之处；但对办公室的其他人来说，玻璃门派上了用场，因为当电梯门打开，露出一位泪眼婆娑的女人和一个五六岁的小男孩，小男孩眼看着就要哭的时候，谁都不知道该怎样做、怎样说，或者怎样想——他的嘴唇在抖，哦，别。那女人就像十年后的伊娃，兴许是十五年吧。这女人一眼看见伊娃，连声说道："求你了，行行好吧，我一点儿都不生气，我不过是请你别打扰我的先生，我们是一家人，你难道看不出来吗？"

伊娃一步步地往后退，撞翻了放在她办公桌上的手袋。杂七杂八的物品撒了出来，可惜她没时间收拾——那女人和孩子一步步地往前走，最后逼得她贴着固定橱柜的门。女人扑通一声跪倒在地。小男孩苦着脸站在她身边。他哭得太凶，被泪水蒙住了眼睛。"你找男人很容易，可我却不行……你以为这种事有朝一日不会落到你身上吗？求你别去见他了，求你放他一马……"

伊娃摆了摆手想说话，可惜无论她怎么辩白或解释，都敌不过女人的哀求声。你让同事去叫保安，他们个个嘴上赞成，但谁都不肯动。你看见许多人抱着膀子，噘着嘴。凯瑟琳埋怨了一句，说什么"让这个女人说出来好了"。你只好打电话叫来了保安，把女人和孩子带走了。你从地上捡起伊娃的物品，扔进了她的手袋。有一样东西特别显眼——一本上一把铜锁的皮面日记本。一个不显山露水的女人带着一本上了锁的日记本。伊娃引起了你的好奇。她回到自己的座位上，接着工作。其他人都回到了自己的座位上，互发电子邮件聊起了伊娃……至少你认为是这回事儿。没人抄送你一封这种电子邮件，于是除了你和伊娃，大家收到的邮件数量陡增。你时不时地打量一眼伊娃，她的眼睛发红，但她却没抬头看你，或放下手头的工作。发传真、发传真、复印。她接了好几个电话，依旧用她可爱的职场语调。

办公室出现了抵制伊娃的行动。大家再也不被她的魅力所迷惑。伊娃是世上一切不轨行为的活例子，她是破坏别人家庭的坏蛋，挡在别人真爱道路上的绊脚石。你不会自称支持伊娃，但突然被一个女人带一个伤心的小孩子去办公室面见丈夫的情人，这点的确让你刮目相看。兴许唯独你这样认为：这件事的另一面肯定无人提起。凯瑟琳当即疏远了伊娃，不再以她为榜样。那些仍喜爱伊娃的人见她依然故我，无意与他们交朋友，也开始愤愤不平。她以为她是谁呢？难道她不明白，他们都是厚道人吗？

“对呀，人们还在邀她出去，她应该感恩戴德才是！”你说这话的时候，人们多半会点头称是，他们很高兴你懂得他们心中的想法，但苏西、保罗和另外几个人却满腹狐疑地看着你。你做事的时候，苏西常常站在你身后，暗中给你添乱，这戒心让你不安。还是别惹苏西为妙。

一天午餐时间，伊娃拿着三明治来到你的座位，你们一起吃了饭。这有些突然，但此后你再也不能跟别人一样在背后嚼伊娃的舌根了。她说不定无意中听到了你说的话，错怪了你。你问起伊娃的日记本，她说从十三岁那年就开始写日记了。当时她刚看过《安妮日记》，那样的声音陷入沉默让她心绪难平，想到我们连听都不曾听过的声音陷入沉默，她更加难以平静。

“另外，千万别去在意那些有碍展露情绪、温柔和聪明伶俐的人和事。倒不是说我自以为我是那种人，”伊娃说，“不过，我在想怎样才能做一个合格的朋友，就像她一样。我不过是认为我应该记下那段日子罢了。就像她一样。跟她一样，我从十三岁写到十五岁。”

你问伊娃，她是不是也认为冥冥之中命运已定。

“命运已定？”

你给她举了一个例子。“我长大的那座城市，人家经常跌下窗户，”你说，“于是我经常实践跌下窗户这事儿。但自从跌断了几根骨头后，我认为最好别离窗户太近。”

伊娃白了你一眼。“不，我才不认为冥冥之中命运已定呢。那都是少男少女们再寻常不过的梦呓罢了。但你们城市……‘跌下窗户’是一句委婉的说法吗？你说‘跌下’，乃至‘窗户’，你是否另有所指？”

“不！你怎么这样想呢？”

“你的一举一动无不遮遮掩掩。请恕我冒昧。”

“这不是冒昧。”你说。你早已知晓你遮遮掩掩这事儿了，主要还是那次寒了前女友的心。

“关于你的日记，我能再问一个问题吗？”

伊娃谨慎地点了点头。

“既然你早就不记了，为什么还把它带在身边呢？”

“好让我知道它还在那儿呀。”她说。

苏西不耐烦了。

“你去问自命不凡小姐好了，问她要不要见她那个有妇之夫。”她甩了你一句。

你说你做不出那种事儿。

“这间办公室里死气沉沉的。”苏西说，她打定主意，要叫自命不凡小姐服服帖帖。没看到也没听说谁公然答应帮苏西实现这一目标，但那是他们不会当着你的面这么干，因为你现在每天都陪伊娃吃午餐。所以，每次伊娃刚买来饭菜，扭头却发现沙拉被人打翻了，办公桌上流了一桌的调料；每次伊娃的抽屉钥匙被偷，她之后都会发现抽屉里被塞满了避孕套；那次伊娃收到了一个看似正常的邮件，里面的附件让她的电脑瘫痪了几小时，一个个都不肯借她用哪怕一分钟。你直勾勾地望着苏西，虽说你知道这些事并不是她一个人干的。苏西总算有了扬眉吐气的时候，她眯着眼睛在办公室里转来转去，不时地偷偷一乐。事到如今，难道是这项工作造成的？还是不管什么工作氛围都会要这套把戏？一个新来的女同事一定得和气、品行端正；她应该直言相告，干脆找个人，对他和盘托出，证明她行得正、坐得端。一句“我不晓得他结婚了呀”，说不定能得到普遍的认可，不管说这话时的表情有多生硬。自命不凡小姐，何不给我们些台阶下呢？

不知谁翻了伊娃的包包，拿走了她的日记。伊娃一发现这事，当即从座位上站起身，讨要她的日记。她提出花钱赎。“你们要什么，我都答应，”她说，“我知道你们不喜欢我，我也不喜欢你们，快还给我吧。那上面记录了我两年的人生。两年的人生啊。”

大家被她说得莫名其妙。凯瑟琳建议她“去洗手间找找”，伊娃一头奔了过去，结果苦着脸，两手空空地走了回来。她忙个不停，再去打印机的时候，发现她打的那摞文件上赫然放着一张印着一行字的纸：**你辞职，就把日记还给你。**

伊娃当天就提交了辞职信，以证明她当真在乎这本日记。她向你道别，你却一声不吭。她原本可以摆平苏西那帮人，逼她们承认她除了工作没有其他心眼，但她让她们得逞了。凭着什么？就凭着一本日记？可悲。

第二天，乔治在咖啡机旁边“捡”到了那本日记，你一看见他没戴手套的手，立即回想起昨天忽略了一点：除了你和伊娃，他们在办公室里整天都戴着手套。你心想，不就是怕在日记本上留下指纹吗？太好了！这只能说明，你同事们的问题比你多得多。

你自告奋勇地去给伊娃还日记本。唯一的难题是你没有她的地址或电话号码——下班以后你都没见过她。人力资源部不肯透露伊娃的联系方式；电话簿上没这个女人，网上也没有她的信息。你别无选择，只好从那本日记入手。你想办法开锁，结果以失败告终，你姐姐压着嗓子说："让外婆瞧瞧……"

"哎呀呀，日记锁不费事。"你外祖母嗔怪道。（连小小的日记锁都撬不开的接班人，能有什么用？）她眨眼工夫就撬开了锁，打开了日记。她没叫人读给她听，不信里面有什么好东西。她说这本日记看着就不值钱，说还以为是真皮呢，其实是人造革。不值钱也好，值钱也好，反正你对这本日记感兴趣。一两块印花亚麻布分别作为封面和封底的环衬，内页轻飘飘的。用来写字的墨水是紫色的。

我为什么不爱说话了？你念道，接着将目光转向紧靠封底的那一页。上面写了地址，很可能是现在的地址，因为它写在一张纸上，那张纸粘在另外几张写了其他地址的纸上。你另找了一张纸抄下了地址，接着惊讶地瞪大眼睛，一时想不明白为何黑笔抄的字竟然变成了紫色。而且……你找纸和钢笔的过程中，日记本一直翻开着。它确确实实没生长，而是直立在你的桌面上，看似要填充或吸收空气，使得空气像书页一样翻来翻去。其实，这本日记就好比一只手，你、客厅以及客厅中的一切就是被翻来翻去的书页。你怏怏地慢慢走向那本日记——要是能大老远地合上这本日记该多好——但你靠得越近，室内的光线就越发衰退。渐渐地，你挪不开脚步。其实，你仿佛穿过一条将你卷进去的纸筒，你的周围叽叽呱呱，一片纷乱：大胆地说出来，伊娃；伊娃，你说得太快了，慢些说；你爱说话，对吧？你还听到：你说话自有分寸，对吗？还有，小姐，请问你现在有什么要说的？你再说一遍好了！你又听到：嘘，这么说……你们谁能听明白她说的话？以及，行，那有什么关系吗？还有，她刚才说什么来着？

说话的多半是男人，或者说，至少听起来像男人。但不能一概而论，也有女声，只不过在所有女声中，你没听见伊娃发出声音。你吟诵、呼喊、像布谷鸟一样叫唤。能想得起的好诗、好句子，你信口念出。就这样，你穿过了伊娃的无声大厦，你一路嚷嚷着走近那本日记，一把抓住封面和封底（虽说你再也看不见它们），猛地合上了日记。你把它垫在身下，坐了片刻，纵声狂笑，笑过以后，你屁股下垫着那本日记，在地上滑呀滑，最后捡到了一卷遮光胶带，你用胶带缠上了那本日记。万幸，小伙子，万幸啊。

那个周末，你去了你从日记本中找到的地址，一位花白头发、黎凡特地区[①]模样的男人开了门。伊娃的情人吗?他首先告诉你，伊娃不在家，接着说:“等等，你再说一遍，你找谁?”

你又说了一遍伊娃的名字，他说伊娃其实不住在这幢楼。你问她什么时候搬走的，他说她从没在这儿住过。不过，你一告诉他你看过伊娃的日记，他立刻让你进了门:“我在屋顶见过她一次吧。”他不肯实话实说，总是吞吞吐吐的。你上了屋顶，不晓得伊娃究竟在不在。她不在那里。你探头望着楼下小小的花园、大停车场和卫星天线。一阵刺骨的寒风像刀子一样割着你的耳朵。如果你在演电影，这里就是你经过鏖战打败城里黑帮的一处绝佳的屋顶。你将日记放在屋檐上，转身要走，就听有人嚷道:“喂！喂！那是我的吗?”

说话的人是伊娃。她在相邻的一座屋顶。你俯瞰楼下风景的时候，她想必早就在那里了。相邻的屋顶上装了一副秋千，两个座位紧挨在一起，你望着伊娃绷紧脚尖纵身荡向空中，落下，又荡上去。尽管她才离开几天，但看她的样子，已经不记得你了。这足以说明你和她一样。你告

---

① 指中东托罗斯山脉以南、地中海东岸、阿拉伯沙漠以北和美索不达米亚以西的一大片地区。——译者注

诉伊娃，虽说她的日记看似被翻烂了，但你坚信，里面的内容依然不为人知。“反正我没有读过。”你说。秋千吱吱嘎嘎地将伊娃送入夜空，她荡得很高很高，仿佛她不打算落回来。但她还是回来了。她刚一落地，就嚷道：“这么说，你还是认为，那是我锁上它的缘故喽？”

致谢

谢谢你，皮奥特·切布拉克。谢谢你，玛丽娜·恩迪科特。

谢谢你，特雷西·博安。谢谢你，吉恩·欧。

谢谢你，博赫丹·凯拉绥克。谢谢你，莎拉·麦格拉。

还有凯特·哈维，我要向你道一声“谢谢”。

肯尼思·格罗斯的《木偶：论怪异人生》(*Puppet: An Essay on Uncanny Life*）一书引人入胜，对于本书功不可没。

许可声明

《书与玫瑰》的摘录原载于《格兰塔》2014 年 12 月第 129 期,《命运》一文。

《溺毙》原载于《白色评论》2015 年 3 月刊。

《多尔尼奇卡与圣马丁节的鹅》原载于海沃德美术馆 2015 年 6 月出版的文选《卡斯特·奥莱:决定》。

《“对不起”有用吗》原载于 2015 年 7 月的《犁铧》杂志。

《饭》一诗于 1988 年在韩国首次发表,经千良姬许可转载。

《颂歌与萌芽》,摘自巴勃罗·聂鲁达著、唐纳德·沃尔什译的《船长的诗》,第 129 页的转载经新方向出版社许可,版权人为巴勃罗·聂鲁达和唐纳德·D. 沃尔什,1972 年。

《金纺车》一诗摘自卡雷尔·爱尔本著、苏珊·雷诺兹译的诗集《花束集》,第 230 页的转载经简塔尔出版社许可,版权人为苏珊·雷诺兹,2014 年。